Mit Kindern auf Reisen

Mit Kindern auf Reisen

Dr. med. Nikolaus Frühwein
Dr. med. Gunhild Kilian-Kornell
Prof. Dr. med. Heinz-J. Schmitt

Ein Urlaubsratgeber für Familien

Fink-Kümmerly+Frey

Projektleitung: Hartwig Paupert, Verlagsgruppe J. Fink;
TIP (Gesellschaft für Touristik-Informations-Programme),
RG Reisen und Gesundheit GmbH, München
Autorin: Dr. med. Gunhild Kilian-Kornell, Starnberg
Inhaltliche Mitarbeit: Dr. med. Nikolaus Frühwein, München,
Prof. Dr. Heinz-J. Schmitt, Kiel
Hans Stadler, Europäische Reiseversicherung, München
Redaktion: Petra Sparrer, Verlagsgruppe J. Fink
Cartoons: Steffen Köpf, Düsseldorf
Umschlaggestaltung: Jochen Haller, Büro Seufferle, Stuttgart
Titelbild: Mauritius/Coll
Satz und Layout: A & M dtp, Stuttgart
Druck: Ebner Ulm

ISBN: 3-7718-1007-8

Liebe Leserinnen, liebe Leser!

Ganz gleich, ob Sie den Urlaub mit Ihren Kindern pauschal buchen oder lieber individuell gestalten möchten – dieses Buch zeigt Ihnen zahlreiche kindergerechte Möglichkeiten auf. Damit Sie an Ihrem Urlaub mit Kind viel Freude haben, nennen wir Ihnen alle wesentlichen Entscheidungskriterien zur Wahl des geeigneten Urlaubsziels sowie zu Unterkunft und Anreise.

Unsere Checklisten zum Kofferpacken und zur Reiseapotheke, zu Impfterminen und Reisedokumenten können Sie vor jedem Urlaub wieder zu Rate ziehen, damit Sie in aller Eile nichts vergessen. Ins Gepäck gehören im übrigen nicht nur Kleidungsstücke, Schuhe und Medikamente. Ganz wichtig sind Spielzeug, Malstifte und andere Utensilien gegen die Langeweile unterwegs und am Urlaubsziel.

Im fünften Kapitel können Sie nachlesen, wie Sie das Krankheitsrisiko durch richtiges Verhalten am Urlaubsort auf ein Minimum verringern können. Das sechste Kapitel beschreibt die am häufigsten im Urlaub auftretenden Krankheiten und wappnet Sie somit für viele Eventualitäten. Wenn Ihr Kind im Urlaub krank werden sollte, können Sie hier nachlesen, was zu tun ist.

Verlag und Autorin wünschen unkomplizierte Vorbereitungen sowie Eltern und Kindern viel Spaß in den gemeinsamen Ferien.

Kapitel 1

Kapitel 2

Kapitel 3

Kapitel 4

Kapitel 5

Kapitel 6

Mehr Spaß am Urlaub mit Kindern

Wie lange kann man mit kleinen Kindern verreisen? Welche Reiseziele sind geeignet? Welche Unterkunft bevorzugen die Kinder? Wie sind familienfreundliche Angebote zu finden? Antworten rund um diese Fragen, Ideen und kindgerechte Entscheidungskriterien finden Sie in diesem Kapitel.

Urlaub soll Spaß machen und der Erholung dienen! Dazu muß es gelingen, unterschiedliche Interessen und Bedürfnisse von Erwachsenen und Kindern zu vereinbaren. Säuglinge und Kleinkinder brauchen nicht unbedingt Urlaub, Schulkinder schon eher – berufstätige Erwachsene und gestreßte Mütter ganz bestimmt! Wenn Ihr Kind bereits in den Kindergarten geht oder wenn mehrere Kinder in der Familie sind, können die Kinder auch tagsüber einige Zeit auf die Anwesenheit der Eltern verzichten. Achten Sie darauf, ob an Ihrem Urlaubsziel Babysitterdienste zur Verfügung stehen. Wenn mehrere Familien gemeinsam in den Urlaub fahren, können sich die Eltern bei der Kinderbetreuung abwechseln. Nachts sollten Sie Kleinkinder nicht unbeaufsichtigt lassen.

Eltern möchten sich im Urlaub erholen, aber auch etwas Sport treiben, regionale Highlights besichtigen und ab und zu abends ausgehen. Die Kinder wollen etwas entdecken, Sandburgen bauen, andere Kinder kennenlernen und vor allem spielen. Je älter Ihre Kinder sind, um so mehr sollten Sie sie in die Urlaubsplanung einbeziehen. Es ist wichtig, zu erfahren, welche Wünsche Ihre Kinder haben. Wenn Ihr Kind die Berge gar

nicht mag und viel lieber am Meer spielen möchte, dann ist ein Aufenthalt in der Schweiz für den Erholungswert ungünstig. Urlaub mit Kindern bedeutet aber nicht nur Verzicht! Oft kommen sich Eltern und Kinder während der relativ kurzen Ferien erst näher, vor allem berufstätige Familienmitglieder werden das feststellen. Dann ist die gemeinsam verbrachte Zeit besonders wertvoll, und es gilt, sie so intensiv und angenehm wie möglich zu nutzen.

Nehmen Sie sich für die Reise genügend Zeit. Grundsätzlich gilt: Je jünger das Kind, desto länger der Urlaub! Der kindliche Organismus braucht länger, sich an die neue Umgebung zu gewöhnen. So beginnt der eigentliche Urlaub z. B. an der Nordsee erst in der dritten Woche. Kurzurlaube an der See, in den Bergen oder am Mittelmeer sind mit Kleinkindern nicht erholsam. Die Urlaubsdauer sollte 14 Tage möglichst nicht unterschreiten. Auch Schulkinder und Erwachsene haben dann mehr davon. Ideal ist eine Dauer von vier Wochen.

Urlaub mit Babys und Kleinkindern

Säuglinge sollten vor der ersten Reise mindestens vier Monate alt sein. Sie haben dann bereits einen relativ regelmäßigen Schlaf- und Eßrhythmus und schlafen nachts meistens durch. Bei Frühgeborenen und Babys mit Gedeihstörungen (Spucken, mangelnde Gewichtszunahme u.ä.) sollte man lieber noch einige Wochen warten, bis sich der Zustand stabilisiert hat. Gemäßigtes Klima und eine Höhe bis zu 1500 m vertragen kleine Kinder gut. Sie können demnach mit dem Baby ins Mittelgebirge, in den Schwarzwald, das Allgäu, an die Nord- oder Ostsee, nach Österreich etc. fahren. Auch die Kanarischen Inseln, die Balearen und andere Mittelmeerinseln sind geeignet.

Nutzen Sie die günstige Nebensaison, solange Sie nicht an Schulferien gebunden sind. Im Frühling, Frühsommer oder Herbst ist das Klima in südlichen Ländern meist am verträglichsten. Meiden Sie extreme Wetterbedingungen. Weder die rauhe Nordsee im November noch die hochsommerliche Hitze am Mittelmeer sind für Kleinkinder erträglich. Meiden Sie auch die Tropen: Schwüle, feuchte und heiße Luft sind eine zu starke Belastung für den Kreislauf kleiner Kinder. Kleinkinder müssen sich austoben können. Ideale Bedingungen bieten Sandstrände mit flachem Wasser und warme Temperaturen. Dann können Sie mit den Kindern den ganzen Tag draußen sein. Am Strand haben Kinder genügend Platz zum Herumrennen und können nach Herzenslust buddeln, Sandburgen bauen und im Wasser herumplanschen. Ab zwei Jahren brauchen sie unbedingt gleichaltrige Spielgefährten.

Checkliste für den Urlaub mit Kleinkindern

- Gibt es einen Babysitterservice?
- Ist ein Arzt in erreichbarer Nähe?
- Kann man am Urlaubsort Babykost und Pflegemittel kaufen?
- Gibt es genügend Waschmaschinen?
- Sind andere Kinder vor Ort?
- Ist ein guter Hygienestandard vorhanden?
- Ist das Klima mild und angenehm?
- Sind die Wassertemperaturen angenehm?
- Ist das Meerwasser relativ sauber?
- Gibt es nicht zu viele Mücken?
- Besteht Gefahr der Infektion mit lebensbedrohlichen Mikroorganismen?

Urlaub mit Schulkindern und Jugendlichen

Schulkinder und Jugendliche können und sollen bereits in eine Entscheidung über den Urlaub einbezogen werden. Je älter Ihre Kinder werden, desto mehr können Sie mit Ihnen unternehmen. Versuchen Sie Ihre Kinder für Aktivitäten zu begeistern, die Ihnen selbst Spaß machen. Das können auch Besichtigungen von Ritterburgen, Kirchen, Höhlen und Heimatmuseen sein, solange Sie es verstehen, das Ausflugsziel für Ihre Kinder spannend zu machen. Informieren Sie sich selbst ausführlich in Reiseführern, oder lassen Sie sich Unterla-

gen vom zuständigen Fremdenverkehrsbüro schicken. Dann können Sie für Ihre Kinder z.B. ein spielerisches Quiz austüfteln, um so ihr Interesse für das jeweilige Reise- oder Ausflugsziel zu wecken.

Auch Fernreisen und Safaris sind für ältere Kinder geeignet und interessant. Ihre Kinder verkraften jetzt auch größere klimatische Veränderungen. Da Sie von den Schulferien abhängig sind, müssen Sie die Reisezeit oft in den Hochsommer verlegen. Ihre Kinder sind jetzt schon selbständiger und fühlen sich in Gruppen wohl. Daher sind Gleichaltrige am Urlaubsort sehr wichtig! Im fremdsprachigen Ausland verständigen sich Kinder innerhalb kurzer Zeit untereinander, auch wenn sie die Landessprache nicht beherrschen. Beziehen Sie den Kontakt zu Einheimischen bewußt ein, indem Sie Privatquartiere oder kleinere Hotels anpeilen. (z.B. Bed & Breakfast in Großbritannien, Ferienwohnungen auf griechischen Inseln oder in Italien). Benutzen Sie öffentliche Verkehrsmittel, wie den Linienbus, um z.B. eine Insel (Malta) zu erkunden. Gerade mit Kindern stellen Sie den Kontakt zu Einheimischen sehr schnell her. Lernen Sie die einheimische Küche kennen (aber Hygieneregeln beachten!), und kochen Sie sie mit den Kindern nach. Erkunden Sie zu Fuß oder per Rad die nähere Umgebung des Urlaubsortes.

Lieber ohne Kinder verreisen?

Berufstätige mit kleinen Kindern haben sicher ab und zu den berechtigten Wunsch, ohne Kinder Urlaub zu machen. Zögern Sie nicht, denn letztendlich tut es auch dem Kind gut, wenn sich die Eltern einmal richtig erholen. Wenn Sie Vertrauenspersonen haben, die Ihr Kind gut kennen, dann ist der Urlaub ohne Kind nur eine Frage der Planung. Lassen Sie kleine Kinder nur möglichst nicht dann alleine, wenn sie gerade eine Trotzphase durchmachen oder nach anderen schwierigen Phasen wie Krankheit oder einem Umzug. Es könnten Verlustängste auftreten!

Bevor Sie eine längere Abwesenheit planen, darf Ihr Kind eine Nacht oder ein Wochenende z.B. bei den Großeltern übernachten. Kleinkinder bis drei Jahre sollten Sie nicht länger als ein Wochenende alleinlassen. Sie haben noch keine Zeitvorstellung, und schon ein Wochenende ohne Eltern erscheint ihnen lang. Vorschulkinder verkraften gut ein bis zwei Wochen. Melden Sie sich während Ihrer Abwesenheit häufiger, aber das Bedürfnis haben sie sicher auch selbst. Ideal für das Kind ist es, wenn es in seiner gewohnten Umgebung bleiben kann und die betreuende Person dorthin kommt. Trotz aller Vorbereitungen: Seien Sie nicht enttäuscht, wenn Ihr Kind Sie nach Ihrer Rückkehr zunächst mit Nichtachtung „straft". Haben Sie Geduld, und nehmen Sie sich viel Zeit, nach wenigen Stunden bis Tagen hat es Ihnen „verziehen".

Generell sollten Sie auch größere Kinder zu Hause lassen, wenn Sie alleine Urlaub machen möchten. Entscheiden Sie sich jedoch bewußt zu einem Urlaub mit Kindern, dann müssen Sie auch kindgerecht planen. Nicht jedes Reiseziel ist für Kinder aller Altersgruppen geeignet.

Grundsätzlich raten Kinderärzte von „Last-Minute-Reisen" in die Tropen oder Subtropen ab. Sie gefährden sich und Ihre Kinder unnötig, weil eine rechtzeitige medizinische Vorsorge nicht mehr möglich ist. Fernreisen mit Kindern sollten mindestens drei Monate im voraus geplant werden, damit Maßnahmen der Gesundheitsvorsorge (vgl. Seite 58 ff.) mit dem Kinderarzt abgestimmt werden können.

Lukrativen Angeboten auf der Spur?

Je größer die Familie und je älter die Kinder, desto tiefer müssen die Eltern für den Familienurlaub ins Porte-

Urlaubsmöglichkeiten mit Kindern

	Säugl. 0–1 J.	Kleink. 2-5 J.	Schulk. 6-12 J.	Jugendl. 12 J.
Trekkingtouren	–	–	–	evtl.
Segeltörns	–	–	evtl.	+
Gebirge bis 1500 m	+	+	+	+
Hochgebirge über 1500 m	–	–	evtl.	+
Hochgebirge über 3000 m	–	–	–	evtl.
Camping	+	+	+	+
Tropen	–	–	evtl.	+
Safaris	–	–	evtl.	+
Kreuzfahrten	–	–	evtl.	evtl.
Malariagebiete	–	–	evtl.	evtl.
Krisengebiete	–	–	–	–
Ist das Reiseziel für den Familienurlaub geeignet?				
Europa	+	+	+	+
Australien	evtl.	evtl.	+	+
Nordamerika	evtl.	evtl.	+	+
Südamerika	–	–	evtl.	evtl.
Asien	–	–	evtl.	evtl.
Afrika	–	–	evtl.	+

monnaie greifen. Da gilt es, findig zu werden. Alle großen Reiseveranstalter bieten Kinderermäßigungen, Pauschalen für Alleinreisende mit Kindern sowie für mehrere Erwachsene mit mehreren Kindern. Kinderhotels sind in den meisten Katalogen besonders gekennzeichnet. Trotz der verlockenden Angebote empfiehlt es sich, genau zu vergleichen. Manchmal übertreffen die Zusatzkosten vor Ort z. B. für Getränke, Sonnenschirme, Kinderanimation etc. den vermeintlichen Preisvorteil. Seit neuestem gibt es zweistellige Festpreise für Kinder, die das Rechnen deutlich vereinfachen. Fragen Sie im Reisebüro!

Vielleicht buchen Sie ja Ihren Urlaub auch gar nicht im Reisebüro, denn es gibt preiswerte Alternativen. Attraktive Pauschalen oder günstige Unterkünfte für Familien werden auch oft über die Fremdenverkehrsverbände oder -ämter des jeweiligen Urlaubsortes angeboten. Bestellen Sie sich dort Kataloge, oder erkundigen Sie sich telefonisch nach Sonderpauschalen.

Sie erhalten auf Wunsch auch Informationen über Jugendherbergen, Campingplätze oder Ferien auf dem Bauernhof. Frankreich, Spanien, Italien und andere beliebte Reiseländer sind in Deutschland jeweils über eine Zentrale für Fremdenverkehr vertreten. Auch dort kann man Informationen und Gastgeberverzeichnisse anfordern. Vergleichsweise günstig, erholsam und für Kinder ab vier Jahren gut geeignet ist Urlaub auf dem Bauernhof (vgl. Seite 18, 23 ff.).

■ Sonderpauschalen oder Eigeninitiative

Viele Pauschalangebote enthalten neben Sportkursen z. B. Kreativkurse wie Seidenmalen oder Töpfern, die auch Kindern sehr viel Spaß machen. Achten Sie bei der Buchung darauf, ob Sie für Kurse extra bezahlen müssen, oder ob sie im Preis inbegriffen sind. Wenn Sie die in einem vergleichsweise hohen Preis enthaltenen Freizeitangebote nur zu einem geringen Teil nutzen wollen, lohnt sich die Pauschalbuchung nicht.

Pauschalreisen haben grundsätzlich den Vorteil, daß man sich um Anreise, Unterkunft etc. nicht mehr selbst zu kümmern braucht. Wer die Reise individuell gestaltet, hat zwar meist einen höheren Organisationsaufwand, aber auch die Möglichkeit, Urlaubskosten zu sparen und trotzdem Ferien ganz nach dem persönlichen Geschmack zu machen. Noch mehr Ersparnisse können erzielt werden, wenn mehrere Familien gemeinsam verreisen. Mieten zwei oder drei Familien zusammen ein großes Ferienhaus, so ist das um ca. ein Drittel preiswerter als wenn jede Familie ein eigenes Haus mietet. Auch die Nebenkosten fallen geringer aus. Außerdem läßt sich

gerade in der Nebensaison bei längeren Aufenthalten und Direktbuchung mit den Vermietern und Wirten gut handeln.

■ Fördermittel für den Familienurlaub

Familien mit niedrigem Einkommen bekommen von Bund und Ländern Fördermittel. Einen Überblick über Reisezuschüsse für Familien gibt der im Auftrag des Bundesministeriums für Familie, Senioren, Frauen und Jugend vom ADAC herausgegebene Katalog „Familien-Ferien". Er wird jährlich aktualisiert und enthält die Adressen von 196 gemeinnützigen Familienferienstätten in Deutschland und Europa. Insgesamt 296 Adressen hat der ADAC im Hinblick auf ihre Familienfreundlichkeit getestet. Der Katalog ist bei der Broschürenstelle des Bundesministeriums kostenlos erhältlich (Bundesministerium für Familie, Senioren, Frauen und Jugend, Broschürenstelle, Postfach 201551, 53145 Bonn). In vielen Gegenden Deutschlands bezuschussen Städte und Gemeinden den Urlaub für Alleinreisende mit Kindern und Familien. Auskunft über Fördermittel geben u.a. die Kirchen, die Caritas, die Sozialämter, Stadtverwaltungen, Landratsämter, die Arbeiterwohlfahrt, das Müttergenesungswerk, das Deutsche Rote Kreuz, der Deutsche Paritätische Wohlfahrtsverband.

■ Tips zum Buchen

Wenn Sie Ihre Reise individuell organisieren möchten, empfiehlt es sich, mit kleinen Kindern wenigstens die Unterkunft vorher zu buchen bzw. den Stellplatz auf dem Campingplatz zu reservieren. So können Sie sich eine lange, nervenaufreibende Suche ersparen. Wenn Sie eine Pauschalreise buchen, kann etwas mehr als die übliche Aufmerksamkeit nicht schaden.

Immer wieder gibt es Reiseveranstalter, die den im Katalog versprochenen Leistungen nicht nachkommen.

Pauschalreisen: Tips zum Preisvergleich

- Ein hoher Rabatt oder Kinderfestpreis garantiert keinen günstigen Urlaub! Vergleichen Sie immer den Gesamtpreis!
- Viele Hotels und Anlagen werden von mehreren Veranstaltern angeboten. Ihr Reisebüro hilft, die für Sie preisgünstigste Variante zu finden.
- Der ADAC, die Stiftung Warentest und einige Preisagenturen und Reisezeitschriften (fliegen & sparen) bieten Computervergleiche.

Lesen Sie unbedingt auch das Kleingedruckte. Die „Verordnung über die Informationspflichten der Reiseveranstalter" legt u.a. Anforderungen an Reisekataloge gesetzlich fest. Danach müssen Kataloge folgende Angaben enthalten: Reisepreis, Höhe der Anzahlung, Fälligkeit des Restbetrags, Paß- und Visaerfordernisse, Reiseroute, Transportmittel, Unterbringung, Mahlzeiten, Mindestteilnehmerzahl an einer Reise.

Was für die Informationspflicht im Katalog gilt, ist erst recht für den Reiseberater am Schalter verbindlich. Gegen Änderungen der gebuchten Leistungen können Sie sich absichern, indem Sie z.B. die Beförderung mit der im Katalog genannten Fluggesellschaft bei der Buchung schriftlich aufnehmen lassen. Erkundigen Sie sich nach Extraleistungen für Kinder sowie nach Einrichtungen wie Spielplätzen und Babysitter-Service.

■ Sicherungsschein für Pauschalreisende

Die Reiseveranstalter sind seit 1994 in Deutschland verpflichtet, ihren Kunden einen Sicherungsschein auszuhändigen, sobald Anzahlungen auf den Reisepreis gefordert oder entgegengenommen werden. Zahlen Sie daher niemals Beträge auf eine Pauschalreise an, ohne den Sicherungsschein in den Händen zu halten. Der Sicherungsschein dient dem Reisenden zwar nicht als Schutz vor Konkurs oder Zahlungsunfähigkeit des Reiseveranstalters, sorgt aber dafür, daß der Reisende – meist in Form einer Versicherung – den direkten An-

spruch auf Erstattung hat, soweit Reiseleistungen ausfallen bzw. Aufwendungen für die Rückreise erforderlich werden. Der Sicherungsschein ist in der Regel nur bei Pauschalreisen (also bei gebündelten Angeboten, z. B. Flug und Hotel), nicht jedoch bei der Vermittlung von Einzelleistungen (Bahn- oder Flugticket) auszugeben.

Es ist gesetzlich nicht erlaubt, dem Kunden mitzuteilen, der Sicherungsschein werde nach Zahlung der kompletten Reise zugesandt. Der Verzicht auf den Sicherungsschein oder Manipulationen, die z. B. möglich sind, wenn Sicherungsscheine von Tochterunternehmen ausgegeben werden, sind derzeit nach wie vor anzutreffen. Beides kann vom Gewerbeaufsichtsamt angezeigt und mit Bußgeldern bis zu 10 000 DM geahndet werden.

Ideale Unterkunft – prima Urlaubsstimmung

Wenn Sie mit Kindern reisen, ist die Wahl der Unterkunft nicht nur eine Preisfrage. Wägen Sie die Vor- und Nachteile verschiedener Möglichkeiten gut gegeneinander ab, damit sich Ihre Kinder wohl fühlen und Sie so wenig Streß wie möglich haben! Ab zwei Jahren brauchen Ihre Kinder im Urlaub gleichaltrige Spielgefährten. In Familienhotels, Pensionen, Ferienhäusern oder -wohnungen sowie auf dem Campingplatz können sich die Kinder ungezwungen bewegen. In großen Hotels mit strikten Regeln fühlen Kinder sich nicht wohl.

■ Clubferien

Cluburlaub ist teuer, bietet aber für alle Familienangehörigen Unterhaltung und Sport rund um die Uhr. Sie können sich animieren lassen oder auch nicht. Kinderbetreuung mit altersgemäßem Programm ist immer vorhanden. Für die Kinder lohnen sich Clubferien aber eigentlich erst ab etwa vier Jahren. Ab diesem Alter sind sie für Animationen aufnahmefähig.

Das Essen ist in Clubhotels gut und reichlich. Sie brauchen sich um nichts zu kümmern. Bei dieser Urlaubsform kann sich jeder nach seinem Geschmack erholen. Versuchen Sie aber, trotz aller Zerstreuung eine gemeinsame Zeit einzuplanen. Kinder brauchen die elterliche Aufmerksamkeit und emotionale Zuwendung mehr als sie manchmal selbst zugeben wollen. Spätestens das Abendessen sollte die Familie gemeinsam einnehmen. Dann können die Kinder ihre Erlebnisse erzählen und der Familienzusammenhang ist wiederhergestellt. Wenn Sie im Urlaub eher ein Bedürfnis nach Ruhe verspüren und somit viele Clubangebote gar nicht nutzen möchten, ist ein Cluburlaub für Sie und Ihre Familie nicht geeignet.

■ Hotel, Pension oder Bauernhof

Wenn Sie eine Pauschalreise gebucht haben, erfolgt die Unterbringung in der Regel im Hotel. Die meisten Eltern freuen sich auf den vollen Service von der Bewirtung bis zum Aufräumen und Säubern der Zimmer. Kinderbetreuungsprogramme und Babysitter scheinen den Bedürfnissen gestreßter Eltern entgegenzukommen, die auch einmal wieder einige Stunden für sich haben möchten. Wer statt eines Hotels, Pensionen oder Bauernhöfe als Unterkunft wählt, hat in Sachen Komfort unter Umständen mit Abstrichen zu rechnen. Dafür stimmen wiederum der Preis und das weniger touristische Ambiente.

Mit Kindern unter drei Jahren ist ein Hotelurlaub trotzdem nicht ganz das Wahre: Auf den Zimmern kann man die Milch oder den Tee nicht selbst aufwärmen. Andere Gäste fühlen sich in hellhörigen Hotels durch Kinder belästigt, und Sie haben ständig das Gefühl, Rücksicht nehmen zu müssen. Abends oder bei schlechtem Wetter kann es in einem Hotelzimmer ganz schön eng werden, besonders wenn das Kind noch so klein

ist, daß es auch nachts nicht alleine bleiben kann. Von den Freizeitmöglichkeiten und den Tieren auf Ferienhöfen (vgl. Seite 23 ff.) nehmen kleine Kinder noch nicht viel wahr.

■ Appartement

Mieten Sie mit ganz kleinen Kindern lieber ein Appartement als ein Hotelzimmer. Dort haben Sie eine eigene Kochgelegenheit, um Kindernahrung zuzubereiten, und können selbst im Hotelrestaurant essen, wenn Sie möchten. Appartements werden ebenso wie Hotelräume vom Zimmerservice gesäubert, bieten aber meist statt einem zwei Räume. So müssen Sie sich abends nicht im selben Raum wie Ihr schlafender Sprößling aufhalten. Familienfreundliche Appartementanlagen bieten oft auch Kinderbetten und -stühle sowie Kinderanimation und Spielflächen. Dafür ist allerdings die entsprechend turbulente Geräuschkulisse in Kauf zu nehmen.

■ Ferienwohnung oder Ferienhaus?

Ferienwohnungen sind meist größer und geräumiger als Appartements und somit für Familien mit einem oder mehreren kleinen Kindern gut geeignet. Selbstverpflegung und Hausarbeit bleiben in Ferienwohnung und Ferienhaus jedoch Ihrer elterlichen Eigeninitiative überlassen. Es sei denn, Ihre Kinder sind zum Helfen schon alt genug. Meist liegen mehrere Ferienwohnungen in einem Haus. So können die Kinder Spielgefährten finden und sich die Eltern unter Umständen beim Einkaufen und Babysitten abwechseln. Ferienhäuser liegen meist etwas abseits vom Massentourismus. Sie bieten Aufenthaltsräume und meist auch einen Garten. Dafür müssen die Eltern tiefer in die Tasche greifen und auf Babysitter und jeglichen Hotelservice verzichten. Ideal und auch erschwinglich ist der Urlaub in einem Ferienhaus gemeinsam mit mehreren befreundeten Familien.

■ Campingurlaub mit Kindern

Auf den meisten Campingplätzen geht es recht locker zu, so daß Ihre Kinder nach Herzenslust toben können. Es gibt Spielplätze und meist sind Strand und Spielgefährten nicht weit entfernt. Wer auf einem Campingplatz Urlaub macht, darf sich über Lärm nicht aufregen und den Kontakt mit den Nachbarn nicht scheuen. Dadurch können sich aber auch Gemeinschaften bilden, in denen die Kinder gut aufgehoben sind. So können Eltern auch einmal alleine eine Besichtigung unternehmen.

Wenn Sie sich für einen Campingurlaub entscheiden, sollten Sie mit Säuglingen oder Kleinkindern jedoch eher einen Wohnwagen oder ein Wohnmobil zur Verfügung haben. Das Schlafen ist dann etwas bequemer und Ihr Säugling ist bei schlechtem Wetter besser gegen Kälte und Feuchtigkeit geschützt. Auch das Wickeln oder „auf das Töpfchen setzen" ist im Wohnwagen einfacher als im Zelt.

Ab etwa vier Jahren finden Ihre Kinder es wahrscheinlich ungeheuer spannend, im Zelt zu übernachten und am Lagerfeuer zu sitzen. Die meisten Kinder hätten gerne ein kleines Zelt für sich mit Luftmatratzen und Schlafsäcken. Auch wenn Sie mit dem Wohnmobil oder Wohnwagen unterwegs sind, sollten Sie Ihren größeren Kindern diesen Spaß gönnen. Sie lernen schnell, das Zelt selbst auf- und abzubauen. Vergessen Sie die zusätzlichen Taschenlampen nicht.

„Hausarbeiten" fallen in jedem Campingurlaub an. Beziehen Sie die Kinder ein: Kochen, Spülen, Waschen, Aufräumen, Wasserholen u.a. geht gemeinsam schneller, und hinterher hat jeder wieder mehr Freizeit.

Mindestausstattung für den Campingurlaub

Zelt (Wohnzelt m. Vordach, Extrazelt), Schlafsäcke, Luftmatratzen, Luftpumpe, Tisch, Stühle, unzerbrechliches Geschirr, Besteck, Alu-Töpfe, Kocher, Grill, Lampen, unzerbrechliche Getränkeflaschen

Wer mit dem Wohnwagen oder Wohnmobil reist, braucht außer dem Vorzelt nichts aufbauen. Ein Zelt muß an jedem Ort auf- und abgebaut werden. Wenn es dann gerade regnet, kann das mit quengeligen kleinen Kindern äußerst unangenehm werden.

■ Traumreise mit dem Wohnmobil?

Wer nicht jedesmal im Urlaub campen möchte, braucht nicht in eine teure Campingausstattung zu investieren. Zelte, Wohnwagen und Wohnmobile samt erforderlichem Zubehör kann man auch mieten. Die meisten großen Autovermietungen geben über die Preise Auskunft.

Wohnmobile eignen sich vor allem dann, wenn weite Strecken bewältigt werden müssen (z. B. USA, Australien, Kanada, Neuseeland, Skandinavien), bevor man wieder in bewohnte Gebiete kommt. Es ist sinnvoll, im Wohnmobil Fahrräder mitzunehmen, die man für Abstecher in verschwiegene Badebuchten oder für kleine Ausflüge gut nutzen kann.

Das „Wildcampen" mit dem Wohnmobil wird nicht gerne gesehen und ist in vielen Ländern sogar verboten. Einmalige Übernachtungen auf Parkplätzen werden geduldet. Ansonsten sollten Wohnmobilfahrer Campingplätze aufsuchen. Ein Urlaub mit dem Wohnmobil oder Wohnwagen mit häufigen Ortswechseln ist nur zu empfehlen, wenn die Kinder schon Jugendliche sind. Kinder möchten nicht alle drei Tage weiterreisen, wenn sie gerade Spielgefährten gefunden haben. Bedenken Sie: Häufige lange Autofahrten im Urlaub sind für Kinder nicht nur bei sommerlicher Hitze eine Qual.

Gemeinsame Sport- und Erlebnisferien

Je mehr Kinder und Eltern gemeinsam unternehmen, desto spannender wird der Urlaub. Bereits mit Kindern ab vier Jahren sind die Möglichkeiten, zahlreicher als Sie vielleicht denken. Radtouren, Bergwanderungen, Skiferien sowie Erlebnisferien auf dem Land – wir stellen Ihnen Pro und Contra vor.

Was Eltern im Urlaub Spaß macht, begeistert längst nicht immer auch die Kinder. Kinder spielen am liebsten den ganzen Tag am Strand, was wiederum den Eltern schnell zu eintönig wird. Die heiße Sonne verträgt ohnehin niemand mehrere Stunden am Tag. Es gibt jedoch viele Möglichkeiten, den Urlaub für Eltern und Kinder abwechslungsreicher zu gestalten, und es gibt auch viele Alternativen zum reinen Strand- und Besichtigungsurlaub. Kürzere Wanderungen und Radtouren können Sie bereits mit ganz kleinen Kindern unternehmen, wenn Sie entsprechend mit einem gut gefederten Buggy oder einer Rückentrage ausgerüstet sind.

Wenn Sie sich für vorwiegend sportliche Urlaubstage oder organisierte Sportreisen entscheiden, müssen Sie wissen, wieviel Kondition Ihre Kinder haben und was Sie ihnen zumuten können. Schließlich soll der Erholungsaspekt nicht ganz zu kurz kommen.

Urlaub auf dem Bauernhof ist für Familien mit Kindern ab vier Jahren sehr gut geeignet. Hingegen sollten Sie auch bereits ältere Kinder z. B. auf eine Kreuzfahrt nicht mitnehmen. Diese für viele Erwachsene attraktive Art des Reisens ist für Kinder sehr langweilig. Gleiches

gilt nicht unbedingt für einen Bootsurlaub. Allerdings sollten Ihre Kinder für mehrtägige Touren mit der Yacht oder dem Hausboot mindestens so alt sein, daß sie gut schwimmen können.

Jugendliche können, sofern sie noch mit der Familie verreisen, wie Erwachsene angesehen werden und fühlen sich ja oft schon so! Sport, Discos und vor allem andere Jugendliche vor Ort sind ihnen besonders wichtig. Meist stellt sich aber eher die Frage, ob Ihre Tochter oder Ihr Sohn alleine oder mit einer Gruppe Gleichaltriger verreisen darf! Das hängt von der Reife des Kindes, von der Vertrauensbasis und von der Begleitung ab. Organisierte Reisen mit Aufsicht sind ab 14 Jahren empfehlenswert (Pfadfinder, Sommerlager, Zirkuscamps, Sprachreisen), Reiterferien auf einem Bauernhof vielleicht bereits ab zwölf Jahren. Die meisten Kinder, die erstmals allein verreisen, haben Heimweh. Das ist ganz normal und von Geschlecht und Alter unabhängig. Erleichtern Sie Ihrem Kind die Trennung durch kleine Briefe, die es im Koffer findet. Eine Süßigkeit im Socken oder ein kleines Geschenk wird ihm zeigen, daß Sie an es denken. Holen Sie Ihr Kind nur im äußersten Notfall zurück. Besuchen Sie es möglichst nicht. Denn jeder Abschied ist ein neues Trauma. Ihr Kind kann so lernen, mit Trennungen positiv fertig zu werden. Am Ende des Urlaubs sehen Sie sich ja wieder.

Einige für den Urlaub mit Kindern gut geeignete Aktivitäten stellen wir Ihnen im folgenden vor. Wählen Sie sich die geeigneten Anregungen für den Familienurlaub Ihrer Träume aus, oder probieren Sie einfach nach und nach verschiedene Varianten aus.

Urlaub auf dem Bauernhof

Erwachsene müssen Landferien mögen, für Kinder ist der Urlaub auf dem Bauernhof meist ein Traum, es sei denn sie haben eine Pollenallergie oder eine Allergie gegen Tierhaare. Auf dem Bauernhof haben Kinder die Möglichkeit, den ganzen Tag Tiere zu streicheln und zu beobachten. Sie können vielleicht beim Kühe melken und Schweine füttern zuschauen oder sogar helfen. So entwickeln sie in gesunder Umgebung einen Bezug zur ursprünglichen Landwirtschaft, eben zu „glücklichen Kühen und Hühnern".

Längst beschränken sich Ferien auf dem Bauernhof nicht mehr auf die traditionelle Erntehilfe oder die Reiterferien. Der Strukturwandel in der Landwirtschaft hat zu einer zunehmenden Erweiterung der Freizeitangebote im ländlichen Tourismus geführt. Es gibt „Babyhöfe", „Radler-Höfe", „Bio-Höfe" für Gesundheitsbewußte ebenso wie „Winterurlaub" auf dem Bauernhof oder „Golf-Pauschalen". Auch Bildungsseminare oder Kreativitätskurse können auf zahlreichen Höfen gebucht werden. Meist sind mehrere Familien mit Kindern auf einem Hof zu Gast, so daß die Kinder schnell Spielgefährten finden und es auch in den frühen Abendstunden nicht langweilig wird. Viele Ferienhöfe haben Tischtennisplatten, Spielgeräte für Kinder und manche sogar Swimmingpools.

■ Von der Erntehilfe zur Golfpauschale

Wer den ökologischen Landbau unterstützen möchte, kann bei einem Biobauern Urlaub machen und sich dort als „Freizeitbauer" betätigen, um die Grundlagen des ökologischen Landbaus zu erlernen. Neben gesundem Essen werden zusätzlich z. B. Brotbackkurse und geführte Kräuterwanderungen geboten. Das durch EU-Gelder geförderte Projekt „Ferien auf Biohöfen" wurde von einer gemeinnützigen Organisation mit Sitz in Schwerin gegründet, die sich Europäisches Zentrum für Öko-Agro-Tourismus (ECEAT) nennt. Sie versendet gegen eine Schutzgebühr Verzeichnisse von 21 europäischen Ländern, in denen jeweils zwischen 50 und 150 Ferienhöfe

beschrieben werden. Darin sind die Betriebe sowie mögliche Ausflüge und Aktivitäten ausführlich beschrieben.

Urlaub auf dem Bauernhof wird vor allem in Deutschland, in der Schweiz und in Österreich, aber auch in allen anderen europäischen Ländern angeboten. Die Auswahl ist groß, und die Preise sind vergleichsweise günstig. Pro Person und Nacht liegen die Preise im Durchschnitt zwischen 25 und 30 DM. Allein in Deutschland bieten insgesamt rund 20 000 Landwirte Kost und Logis – vom komfortablen Zimmer mit Kabelfernsehen über das „Bett im Heu" bis zur familienfreundlichen Ferienwohnung. Frankreich ist unter anderem für das preisgünstige sogenannte „Farmer-Camping" bekannt.

Um die Suche nach dem geeigneten Hof für Ihren Familienurlaub zu vereinfachen, überlegen Sie sich am besten als erstes Ihr Reiseziel. Dann können Sie sich gezielter an das Verkehrsamt der Ferienregion wenden oder Kataloge bei entsprechenden Anbietern bestellen (siehe Adressen im Anhang). Die Zentrale für Landurlaub, die Arbeitsgemeinschaft Urlaub auf dem Bauernhof oder die Deutsche Landwirtschaftsgesellschaft (DLG) informieren in zahlreichen Katalogen auch über Höfe im europäischen Ausland. Auch immer mehr Pauschalreiseanbieter, z. B. Neckermann, Ameropa oder DER, haben den Urlaub auf dem Bauernhof als Markt entdeckt. Wenn Sie Ihre Reise nicht selbst organisieren möchten, erkundigen Sie sich einfach im Reisebüro. Die Preise sind im Durchschnitt nicht höher, als wenn Sie beim Bauern direkt buchen.

Reiterferien: Ein Riesenangebot

Für viele Kinder gibt es nichts Schöneres als Reiterferien auf dem Bauernhof. Zahlreiche Höfe nehmen junge pferdebegeisterte Gäste allein oder in Begleitung der

Eltern auf. Informationen über Reiterferien sind überall da zu haben, wo auch Urlaub auf dem Bauernhof angeboten wird. Zahlreiche Höfe haben sich auf familienfreundlichen Reiterurlaub und entsprechende Reitkurse für Anfänger sowie Geländereiten für Fortgeschrittene spezialisiert. Ideal ist ein Reiterurlaub mit Kindern natürlich dann, wenn die Eltern auch reiten. Unbedingte Voraussetzung ist das jedoch nicht: Es gibt auch komfortable Sporthotels mit eigener Reithalle sowie Kegelbahn, Minigolfanlagen, Tennisplätzen und Schwimmbädern in der näheren Umgebung.

■ Abwechslung steht hoch im Kurs

Die Auswahl an Freizeitprogrammen neben dem Reiten ist für die Auswahl des Reiterhofs entscheidend, denn den ganzen Tag füllt das Reiten meist nicht aus. Muskelkatergeplagte können sogar mal einen ganzen Tag Pause vertragen. Geselligkeit wird auf den meisten Reiterhöfen geboten. Schnitzeljagden, Kutschfahrten und Grillabende gehören oft zur Animation. Der „Ferienclub Lüneburger Heide“ bietet sogar eine Kombination von Computerkursen und Reitstunden an. Auch Ferienclubs wie der Robinson Club stehen in vielen Ländern Pferdebegeisterten und Andersgesinnten mit Offerten vom Reitunterricht über Aerobic bis zum Bogenschießen offen. Eine gute Entscheidungshilfe für die geeigneten Reiterferien ist der regelmäßig aktualisierte Reiter-Atlas (23 DM, erhältlich beim Projekt-Büro, Rheinblick 33, 55263 Wackernheim, Tel. 06132/5151). Darin sind rund 700 Reiterhöfe aus 25 Ländern detailliert mit Preisangaben beschrieben. Zu finden sind auch Angebote wie Fahrkurse, Reitausbildungen und Westernreiten.

Wer seine Kinder alleine in die Reiterferien schickt, sollte die Reise gut planen. Keine Sorge, die Betreuung ist in der Regel sehr gut. Kleine Höfe sind überschaubarer. Sie können den Hof vielleicht auch vor dem Ur-

laub gemeinsam mit dem Kind besichtigen. Meist gefällt es Kindern besonders gut, wenn sie für den Urlaub ein Pferd zugeteilt bekommen, für dessen Pflege sie sich verantwortlich fühlen. Eine zweckmäßige Ausrüstung leistet wertvolle Dienste. Eine vollständige Reitkleidung ist nicht erforderlich. Wichtig sind knöchelhohe Freizeitschuhe, Gummistiefel und eine sichere Reitkappe, die man auch leihen kann. Strapazierfähige Kleidung, Regenzeug, eine Schutzbrille und Lederhandschuhe können bei Ausritten von zusätzlichem Nutzen sein.

Ferienkurse: Vom Ritterseminar zum Skating

Immer mehr Ferienregionen bieten einfallsreiche und ansprechende Sommerkurse für Kinder. Für jeden ist etwas dabei, wir können hier nur eine kleine Auswahl vorstellen, um sie auf den Geschmack zu bringen.

In der Fränkischen Schweiz beispielsweise erwartet ein Seminar auf der Burg Feuerstein bei Ebermannstadt junge Burgfräulein und Ritter. „Leben wie im Mittelalter" steht auf dem Programm, das auch „Turniere" und „Raubzüge" beeinhaltet. Im Westerwald werden zwischen Mai und Oktober für Kinder ab acht Jahren eintägige Räuberausflüge mit Verkleidung und Planwagenfahrt angeboten. In Todtmoos im Schwarzwald können Kinder bis 16 Jahre sich als Reporter versuchen. Die besten Arbeiten werden prämiert, ermöglicht wird auch der Besuch einer Zeitungsredaktion und eines Radiosenders.

Verschiedenste Ferienkurse können teilweise vor Ort über das Fremdenverkehrsamt gebucht werden, teilweise auch als Pauschalen mit Unterkunft und Übernachtung direkt bei den Veranstaltern. So bietet etwa die Kurverwaltung des fränkischen Wirtsberg gemeinsam mit dem Deutschen Dampflokomotivmuseum fünftägige „Hobby-Lokführerkurse". Eine zehntägige Ausbildung zum „Ehrenlokführer" können Eisenbahnfreaks auch auf der

Insel Rügen absolvieren. Viele Ferienregionen haben auch den Inline-Skating-Boom für sich entdeckt. Von Frühjahr bis Herbst finden z.B. im bayerischen Lenggries an der Skating-Schule „adventure sports" Einsteiger- und Fortgeschrittenenkurse für alle Disziplinen statt. Über die Möglichkeiten, die Ferien mit Skating-Kursen zu verbinden, informiert der Deutsche-Inline-Skate-Verband (DIV, Ernsthöferstr. 15e, 64342 Seeheim-Jugenheim, Tel. 06257/962236). Auch einige Jugendherbergen, z.B. in Melsungen und Creglingen, bieten Kurse und kilometerlange Trainingsstrecken für begeisterte Skater. Einsteiger können die Ausrüstung leihen – in Sportgeschäften oder bei den Kursanbietern. Neben den Skatern sind ein Helm sowie Ellenbogen-, Handgelenk- und Knieschützer erforderlich.

Action pur: Zirkusferien

Einige Ferienorte in Deutschland, Österreich und der Schweiz bieten für Kinder ab etwa 8 Jahren und für Jugendliche sogenannte Zirkus-Camps an (Adressen siehe Anhang). Es gibt Pauschalen mit Übernachtung, Training, Verpflegung und Betreuung. Jugendliche können alleine und Kinder in Begleitung der Eltern teilnehmen. Es besteht ebenso die Möglichkeit, die Kurse für die Kinder separat zu buchen, wenn die Familie eine Urlaubsunterkunft in der Nähe hat. Die Kinder erarbeiten unter Anleitung professioneller Theaterschauspieler und Artisten verschiedene Zirkusnummern (mit oder ohne Tiere), die sie später auch in einem Zirkuszelt vorführen können.

In Kärnten rund um den Ossiacher See ist z.B. ein Zirkuswagen unterwegs. Im Rahmen der Ferienaktion für Kinder können Kinder und Eltern Kunststücke einüben und vorführen. Die Teilnahme an den Programmen ist kostenlos. Auch in der Schweiz lädt der ein oder andere richtige Zirkus Kinder ein, Manegenluft zu schnup-

pern. Je nach Alter Ihrer Kinder müssen Sie abwägen, ob und wie lange Sie sie in fremde Obhut geben möchten oder ob Sie das Abenteuer Zirkus lieber miterleben möchten.

Sporturlaub im Clubhotel

Sie haben sich für Clubferien mit großem Sportangebot oder für eine andere Form von Sporturlaub entschieden? Folgender Tabelle können Sie entnehmen, welche Sportart dem Entwicklungsstand und dem Koordinationsvermögen Ihres Kindes entspricht. Grundsätzlich sollten Kinder nicht überfordert oder gar zu etwas gezwungen werden. Die Freude an der Bewegung steht an erster Stelle. Sie wollen ja nicht unbedingt einen Boris Becker, eine Franziska von Almsieck oder einen Markus Wasmeier? Fragen Sie vor der Buchung im Reisebüro, ob Trainer und Aufsichtspersonal kindergerecht geschult sind.

Sportart	Alter
Wandern	ab 2 Jahren (kurze Wege), Touren ab 5 Jahren
Skifahren	ab 4 Jahren
Schwimmen	5. bis 6. Lebensjahr
Radfahren	5. bis 6. Lebensjahr
Tennis o.ä.	ab 5. Jahre
Tauchen	ältere Schulkinder, ab 10 Jahre
Segeln	ältere Schulkinder, ab 10 Jahre
Surfen	Jugendliche
Snowboard	ältere Jugendliche, ab 16 Jahre
Reiten	ab 10 Jahre

Ferienparks

Mit Schulkindern können Ausflüge in Erlebnisparks in Deutschland oder den Nachbarländern zu einem unvergeßlichen Erlebnis werden. Freizeit- und Erlebnisparks sind für Kurzausflüge an Wochenenden geeignete Ziele, von einem mehrtägigen Urlaub ist jedoch dringend abzuraten. Ein längerer Urlaub in einem Ferienpark ist den meisten Familien ohnehin zu teuer. Zudem ist Massenabfertigung und mehrtägiges Schlangestehen vor den Attraktionen solcher Parks wahrscheinlich nicht gerade das, was Sie sich unter Freizeitspaß und Erholung vorstellen. Planen Sie Ihren Freizeitparkbesuch auf jeden Fall in der Woche oder zur Nebensaison. Auch immer mehr Ferienparks mit tropischen Badelandschaften wie z. B. die Center Parks sind für den Familienurlaub zu teuer, kleine Kinder haben nicht allzuviel von der „Badekur" und langweilen sich wahrscheinlich eher zwischen vielen gesundheitsbewußten Erwachsenen.

Radtouren mit Kindern

Wenn Sie mit Kindern eine Radtour unternehmen wollen, die über mehrere Tage geht, z.B. an der Donau entlang von Passau nach Wien, so sollten die Räder in bestem Zustand sein. Vor allem müssen Ihre Kinder sicher Radfahren können, gesund sein und über eine gute Kondition verfügen. Ausgedehnte Touren sind daher erst mit älteren Schulkindern zu empfehlen. Kürzere Touren können Sie auch schon mit Kindern im Vorschulalter unternehmen, möglichst auf steigungsfreien Radwegen, die nicht direkt an Hauptverkehrsstraßen liegen. Kleinere Kinder sind noch leichter ablenkbar und achten weniger auf den Verkehr. Schützen Sie Ihre Kinder mit Helmen und ggf. auch Knieschonern gegen Verletzungen durch Stürze.

Bereiten Sie Ihre Tour gemeinsam mit Ihren Kindern vor. Benutzen Sie Landkarten mit großem Maßstab, auf denen auch Sehenswürdigkeiten und Aussichtspunkte eingezeichnet sind. Lassen Sie ältere Kinder auch mal ganze Etappen selbst planen. Sie glauben gar nicht, wieviel Spaß das den Kindern macht. Über die jeweiligen Verkehrsbüros gibt es in der Regel genügend Prospekte zu Übernachtungsmöglichkeiten.

Wenn Sie die Tour selbst organisieren und genügend Zeit haben, sollten Sie nicht sonntags oder montags starten. An diesen Tagen beginnen die meisten geführten Touren. Starten Sie von dienstags bis freitags. Dann begegnen Sie nicht so vielen Radfahrergruppen und finden ohne Schwierigkeiten geeignete Unterkünfte. Planen Sie ausreichend Pausen ein! Überfordern Sie Ihre Kinder nicht, fahren Sie nicht mehr als 50 km pro Tag. Beschränken Sie das Gepäck auf das Notwendigste. Verstauen Sie es sicher in Sattel- und Gepäcktaschen. Falls Ihnen die Kleidung ausgeht oder die Reise zu anstrengend wird, legen Sie zwischendurch einen Ruhe- und Waschtag ein.

■ Geführte Radtouren als Alternative

Überlegen Sie, ob vielleicht auch eine geführte Radtour mit Reiseleitung für Sie das richtige ist. Das kostet sicher etwas mehr als eine auf eigene Faust geplante Familientour. Dafür müssen Sie so gut wie nichts selbst organisieren. Vielleicht haben Sie auch einfach mehr Spaß

Checkliste für organisierte Radtouren	Marke und Ausstattung der Räder? Kann man eigene Räder mitnehmen? Ist das Streckenprofil (z.B Steigungen) für Ihre Kinder nicht zu anstrengend? Wie groß ist die Gruppe? Wie lang sind die Tagesetappen? Enthält der Preis Besichtigungen, Hotelkomfort, und Verpflegung?
Gepäck-checkliste:	**Gepäckträger, Seitentaschen:** Proviant und Getränke, Regenzeug, warmer Pullover, T-Shirt, Sweatshirt, Pullover, Socken, Wäsche zum Wechseln, Waschzeug, Feinwaschmittel, Werkzeug. **Lenkertasche:** Landkarten, Verbandszeug, Hautdesinfektionsmittel, Schere, Pinzette, Sonnen- und Mückenschutz.

an der Geselligkeit solcher Gruppenreisen? Die Fremdenverkehrsämter vieler beliebter Ferienregionen vermitteln oft recht günstige Radwanderpauschalen. Spezialisierte Radreiseveranstalter sind vergleichsweise teuer, häufig sind die Touren dafür professioneller organisiert. Besonders praktisch sind organisierte Touren, bei denen das Gepäck von Ort zu Ort gebracht wird. Meist sind An- und Abreise im Preis nicht enthalten.

Bei allen Radtouren mit Kindern sollte immer ein Erwachsener voran und einer am Ende fahren. Lassen Sie sich auch mal von ihren Kindern inspirieren. Kinder sehen in der Natur oft andere Dinge als Erwachsene. Für Stadtkinder ist eine Radtour eine gute Gelegenheit, die sonst fehlende frische Luft, Weite und Landschaft zu genießen, den ganzen Tag draußen zu sein sowie Sinn für Naturschönheiten zu entwickeln.

■ Radfahren mit Kleinkindern

Säuglinge und sehr kleine Kinder sollten Sie auf dem Rad erst dann mitnehmen, wenn sie im Fahrradsitz selbst frei und sicher sitzen können! Benutzen Sie einen Sitz, der vor dem Lenker angebracht wird, so haben Sie das Kind immer im Blick. Wählen Sie einen stabilen Lenker, und polstern Sie ihn möglichst mit einem Kissen ab. Wenn Ihr Kind müde wird, kann es sich nicht anstoßen. Vergessen Sie nicht, den Kopf des Kindes durch einen stabilen und gepolsterten Helm zu schützen, und überprüfen Sie hin und wieder, ob der Helm noch richtig sitzt. Stellen Sie auch sicher, daß die Füße nicht in die Speichen des Vorderrads geraten können. Im Kindersitz auf dem Gepäckträger können Sie ein zweites Kind mitnehmen, vorausgesetzt es ist nicht mehr ganz klein.

Für den Kindertransport eignen sich auch hervorragend Fahrradanhänger. Sie sind stabil und lassen sich zusammengelegt im Auto mitnehmen. Fahrradanhänger gibt es in verschiedenen Varianten und Größen, z. B. auch für zwei

Kinder. Damit kleine Kinder es warm genug haben, sind Anhänger mit Dach und Fenstern zu empfehlen.

Wandern und Bergwandern

Wenn Sie passionierte Bergwanderer sind, möchten Sie sicher auch mit Ihren Kindern Bergtouren unternehmen. Starten Sie langsam mit kurzen Touren. Säuglinge sollten Sie erst in eine Tragevorrichtung (Kraxe) setzen, wenn sie bereits frei und sicher sitzen können. Kinder unter zwei Jahren fühlen sich nur bis zu einer Höhe von 1500 m wohl. Über 1500 m Höhe bekommen sie leicht Kreislauf- und Atemprobleme.

Auf längeren Wanderungen an Wochenenden können Sie bereits feststellen, ob Ihr Kind für einen Wander- oder Bergwanderurlaub nicht doch noch zu klein ist. Zweijährige bleiben beim Laufen meist immer wieder stehen. Es kommt auf die Motivation an, wie schnell Sie vorwärts kommen. Das Sitzen im Kinderwagen oder im Tragerucksack wird Kindern meist nach zwei Stunden zu langweilig. Je besser der Kinderwagen gefedert ist, desto bequemer ist die Geländewanderung auch für ihr Kind. Für Steigungen und naturbelassene Wege sind Rückentragen besser geeignet. Machen Sie genügend Pausen – auch Ihrem Rücken zuliebe.

■ Die richtigen Schuhe und viele Pausen

Wenn die Kinder selbst laufen und nicht mehr getragen werden müssen, sparen sie nicht an der Ausrüstung! Die richtigen Schuhe mit Halt im Knöchelbereich sind auch für kleine Füße wichtig. Gute Schuhgeschäfte beraten Sie auch bei Wanderschuhen nach dem WMS-System (Weit – mittel – schmal), so daß Ihr Kind einen sicheren Stand hat. Erwarten Sie von Ihren Kindern keine Höchstleistungen! Bergwandern sollte in erster Linie Spaß machen und Freude an der Landschaft und der Bewegung vermitteln. Sicher sollen Sie das befreiende Gefühl und den Ausblick genießen, wenn der Gipfel erreicht ist. Passen Sie die Geschwindigkeit trotzdem dem langsamsten Kind an. Kinderbeine, die noch im Wachstum sind, brauchen Pausen und können zu lange Steigungsstrecken nicht verkraften. So sollten Sie mit Kindergartenkindern nach jeder Stunde eine Pause von zehn Minuten einlegen. Die Tour sollte insgesamt nicht länger als vier Stunden dauern. Schulkinder schaffen bereits Tagestouren ohne Probleme.

Bei einer Bergtour sollte immer ein Erwachsener vor den Kindern gehen und einer das Schlußlicht bilden. So haben Sie den Überblick und können rechtzeitig reagieren, wenn ein Kind vom Weg abweicht. Auch für Kinder spannend sind Touren mit einer Übernachtung z. B. in Hütten des Deutschen Alpenvereins (siehe Anhang). Für Jugendliche bietet der Alpenverein auch interessante Kletterkurse an.

Rucksäcke für Wander- und Bergtouren sollten aus wasserabweisendem Material sein und viele Einzeltaschen haben, so daß Sie alles übersichtlich verstauen können. Praktisch ist eine abnehmbare Extratasche, die man dann auf kleineren Ausflügen mitnehmen kann. Erzählen Sie immer einer Person Ihres Vertrauens, wohin die Tour gehen soll. Oder nehmen Sie ein Handy mit, so daß Sie im Unglücksfall Hilfe holen können.

Rucksack

- immer Regenzeug
- warmer Pullover
- Proviant und Getränke in unzerbrechlichen Gefäßen
- Schokolade als Notration
- Sonnenschutz, Sonnenbrille

Skifahren mit Kindern

Je früher Kinder das Skifahren erlernen, desto besser. Aber Vorsicht, falscher Ehrgeiz schadet nur, in erster Linie den Gelenken. Die ersten Versuche auf den Brettern kann das Kind ab vier Jahren machen, wenn es einen festen Stand hat und seine Bewegungen gut koordiniert.

Auch wenn Skischuhe für Kinder teuer sind, vom Ausleihen der Schuhe ist eher abzuraten. Jugendliche können ruhig gebrauchte Schuhe verwenden, der kindliche Fuß jedoch braucht seinen individuellen Schuh. Skikleidung können Sie ruhig aus zweiter Hand erstehen, z. B. auf Skiflohmärkten. Die Kleider sollten wasser- und windabweisend sein, aber auch luftdurchlässig. Overalls haben sich für alle Altersgruppen bestens bewährt, weil sie warm halten und nichts verrutschen kann. Mütze, Schal, Brille und wasserabweisende Handschuhe sind wichtig. In Fäustlingen bleiben die Finger besser warm als in Fingerhandschuhen. Die Skier können auch gebraucht oder geliehen sein. Ihre Länge sollte in etwa mit der Größe des Kindes übereinstimmen. Die Bindungen müssen individuell eingestellt werden. Lassen Sie sich fachgerecht beraten.

■ Langlauf erfordert mehr Ausdauer

Im Gegensatz zum alpinen Skifahren bietet der Skilanglauf die Vorzüge einer Ausdauersportart, die zudem gemeinsam mit der ganzen Familie ausgeübt werden kann. Asthmakranke Kinder sollten allerdings nicht Skilanglaufen. Die Bronchien werden durch das Einatmen der kalten Luft über längere Zeit gereizt, so daß es zu Asthmaanfällen kommen kann.

Starten Sie keine Skifahrt ohne Aufwärmphase. Nach langem Stehen am Lift oder längeren Liftfahrten benötigen Muskeln und Gelenke erst einmal einige Lockerungsübungen. Lassen Sie die Kinder auf der Stelle laufen, in die Luft hüpfen, die Arme kreisen, und machen Sie am besten gleich mit.

Die Sonneneinstrahlung auf den Pisten und Loipen ist hoch und wird durch den Schnee verstärkt. Denken Sie bitte immer an Sonnenschutz mit hohem Lichtschutzfaktor (mindestens 20). Nehmen Sie auch genügend warme Getränke mit.

So streßfrei wie möglich – An- und Rückreise

Bei der Wahl des geeigneten Verkehrsmittels für die Reise sind Kosten und Bequemlichkeit gegeneinander abzuwägen. Mit cleverer Vorbereitung und einigen Ideen gegen die Langeweile können An- und Rückreise in jedem Verkehrsmittel auch für die Eltern zum Kinderspiel werden.

Ferien in Deutschland oder innerhalb Europas machen die meisten Familien am liebsten mit dem Auto. Es ist meist preiswerter als Bahn und Flugzeug, das Gepäck läßt sich besser transportieren, man kann die Fahrt einschließlich der Pausen individueller gestalten und man bleibt am Urlaubsort mobil. Das bequemste Verkehrsmittel ist das Auto allerdings nicht: Staus und dichter Verkehr sind strapaziös. Kinder leiden auch auf kurzen Autofahrten schnell unter Langeweile und räumlicher Enge, was die Nerven der Erwachsenen nicht gerade schont. Bahn und Bus sind unter dem Aspekt der Bequemlichkeit eine Alternative.

Noch bequemer und nicht immer unbedingt teurer sind kurze Flugreisen innerhalb Europas. Die meisten Fernziele sind ausschließlich mit dem Flugzeug zu erreichen, Langstreckenflüge mit kleinen Kindern jedoch nicht ganz unproblematisch. Fährüberfahrten werden ohnehin meist mit der An- und Weiterreise per Auto oder Bahn kombiniert. Für welches Verkehrsmittel auch immer Erwachsene sich entscheiden, die Reise wird wesentlich erholsamer und streßfreier, wenn sie die Bedürfnisse Ihrer Kinder in bestimmten Situationen kennen und berücksichtigen.

Mit dem Auto in die Ferien

An erster Stelle ist bei einer Autofahrt auf die Sicherheit zu achten. Abgesehen davon, daß das Fahrzeug in perfektem Zustand und der Fahrer ausgeruht sein sollte, brauchen die Kinder unbedingt altersentsprechende Rückhaltesysteme! Der Handel bietet von der Babywanne bzw. Sicherheitsschale über verschiedene Sitze bis zu Sitzkissen für größere Kinder TÜV-geprüfte Rückhaltesysteme an. Kleinere Kinder brauchen einen Kindersitz. Zudem sollten Sie prüfen, ob Ihre Versicherung auch bei Unfällen oder Pannen im Ausland gilt.

Länger als sechs Stunden Fahrtzeit sollte eine Tagesstrecke mit Kindern nicht dauern. Auf diese Weise kommen Sie z. B. am frühen Nachmittag am Zielort an und haben einen guten Teil des ersten Urlaubstages noch vor sich. Liegt der Urlaubsort weiter entfernt, sollten Sie unbedingt Übernachtungen einplanen. Wenn Sie nicht gerade einen anstrengenden Arbeitstag hinter sich haben, ist die beste Abfahrtszeit zwischen zwei und drei Uhr morgens. Kinder schlafen in der Dunkelheit schnell wieder ein. Das regelmäßige Brummen des Motors wirkt wie ein Schlaflied. Durch Nachtfahrten vermeiden sie auch Staus. Sie kommen früh an und haben dann am ersten Ferientag noch etwas Abwechslung.

■ Reiseproviant hält Kinder bei Laune

Nehmen Sie Reiseproviant mit, damit sie in den Pausen nicht jedesmal ein Restaurant aufsuchen müssen. Bereiten Sie einige Lieblingsspeisen der Familie vor, achten Sie aber darauf, daß fettarmes, leichtes Essen auf Reisen bekömmlicher ist. Nicht nur zu den Essenszeiten, sondern auch während der Fahrt „naschen“ Kinder gerne. Mit einigen Leckereien, die weder schmieren oder schmelzen noch allzuviel Kalorien haben, können sie sie ruhig verwöhnen.

Reiseproviant für Auto- und Bahnreisen, Bus- und Schiffsreisen
Für Kinder und Erwachsene: vorgebratenes Fleisch mit Brot, belegte Brote, gekochte Eier, Obst- und Gemüsestückchen in verschließbaren unzerbrechlichen Boxen, Käsestückchen, Rosinen, Gummibärchen, Schokolade. Getränke in verschließbaren Bechern oder Flaschen (Wasser, verdünnte Säfte, warmer Tee [nicht heiß, Verbrühungsgefahr]).
Für Säuglinge: Fläschchen mit Zubehör, Thermoskanne mit heißem Wasser, Gläschen mit Babykost, Windeln und Pflegemittel. Nicht vergessen: Feuchttücher, Servietten, Besteck, ein Beutel für Abfall.
Checkliste Flugreisen: Was mitnehmen?
Für Kinder und Erwachsene: Bonbons, Kaugummis, Nasentropfen.
Handgepäck: Pullover, Strickjacke, Feuchtigkeitscreme, Fotoapparat, Medikamente gegen Übelkeit und Durchfall
Gegen die Langeweile unterwegs
Bilderbücher, Malstifte und Papier, Spielzeug, Kuscheltiere, Bücher zum Lesen und Vorlesen, kleine Spielfiguren mit Magneten, am Fenster klebende Folienfiguren, Kassetten, Walkman und Rekorder, Rätselspiele, Spielkarten, Tagebuch, Schreibzeug und Adressen.

Spätestens alle zwei Stunden sollten sie eine Pause einplanen. Nehmen Sie sich für die Pause so lange Zeit, daß Sie erholt und gestärkt weiterfahren können. Kurze Pausen zum Beine strecken, Gymnastik machen, Essen und Trinken, für den Toilettengang oder zum Windeln wechseln können Sie mit längeren Pausen abwechseln, in denen sie z. B. eine kurze Wanderung machen oder eine Sehenswürdigkeit auf dem Weg besuchen. Stellen Sie Ihren Wagen nach Möglichkeit in den Schatten. Lassen Sie bei kurzen Pausen zum Lüften die Türen offen.

Sorgen Sie auch während der Fahrt für ausreichend Frischluftzufuhr. Öffnen Sie die vorderen Fenster etwa zwei Zentimeter. Dann zieht es nicht, und der Geräuschpegel bleibt erträglich. Und: Rauchen Sie während der Fahrt bitte nicht! Im Sommer leisten Sonnenblenden an den hinteren Fenstern gute Dienste. Dünne Fliegengitter, die man auch aufkleben kann, bieten Schutz gegen Wespen, Fliegen, Mücken oder andere Insekten.

Wenn Ihren Kindern leicht übel wird, sollten sie während der Fahrt keine Bücher lesen oder Bilder anschauen. Jeder Blick nach unten verstärkt die Übelkeit. Bleiben Sie gelassen, wenn doch einmal ein Kind erbricht. Halten sie eine Plastiktüte und ein feuchtes Tuch griffbereit. Lassen Sie sich über vorbeugende Medikamente durch Ihren Kinderarzt beraten, wenn starke Reiseübelkeit besteht (vgl. Seite 58).

Unterwegs mit der Bahn

Haben sie sich zu einer Familienreise mit dem Zug entschlossen, so kann das schon der erste Schritt in die Erholung sein. Sie können sich in den Wagen frei bewegen und müssen die Reise nicht, wie eine Autofahrt, durch Pausen unterbrechen. Längst hat die Deutsche Bundesbahn die Familie als Kunden erkannt und hält besondere Angebote bereit. In der Nebensaison sind Bahnreisen in der Regel günstiger, aber auch in der Hochsaison gibt es auf manchen Strecken für Familien Ermäßigungen. Vor allem während der Sommerferien, werden Sonderzüge eingesetzt. Wirklich erholsam wird die Reise aber nur, wenn Sie beim Kartenkauf die Platzreservierung nicht vergessen. Buchen Sie möglichst direkte Verbindungen. Sollten Sie umsteigen müssen, planen Sie dazu genügend Zeit ein. Familien mit Gepäck brauchen länger.

Nicht der Preis, sondern die Bequemlichkeit ist das Argument für eine Bahnreise. Und meist gilt auch bei

Bahnreisen leider der Grundsatz: Je bequemer die Reise, desto höher der Preis. Erkundigen Sie sich nach Spartarifen für Familien, nach Kinderermäßigungen, Railpässen und europäischen Netzkarten sowie nach den Möglichkeiten, z. B. Fahrräder oder andere große Gepäckstücke mitzunehmen. Die Bahn gibt zu jeder Reisesaison aktuelle Broschüren heraus, die auf neue Serviceangebote und Sparpreise hinweisen. Verzichten Sie nicht auf einen Liegewagen, wenn Sie mit Ihren Kindern nachts reisen. Im Sommer empfiehlt es sich sogar, einen klimatisierten Liegewagen zu buchen. Prüfen Sie auch, ob der Service „Auto im Reisezug" für Sie interessant ist. Sie ersparen sich eine stressige Autofahrt, können mehr Gepäck mitnehmen und haben Ihren Pkw am Reiseziel verfügbar.

■ Gepäckservice

Große Gepäckstücke können Sie auch vor der Reise aufgeben. Die Bahn bietet Abhol- und Zustelldienste an, die Sie gleich mit der Fahrkarte bestellen können. Sie sind nicht übermäßig teuer, schonen dafür aber Nerven und Kräfte. Sie reisen wesentlich unbeschwerter. Empfehlenswert ist der Gepäckservice besonders, wenn Sie umsteigen müssen. Den Kurierdienst sollten Sie zwei bis drei Tage vor dem Abholtermin beauftragen, bei größeren Entfernungen oder wenn Ihr Urlaubsziel auf einer Insel liegt, rechnen Sie lieber einen Tag mehr. Was Sie während der Reise und nach Ihrer Ankunft sofort brauchen, gehört ebenso ins Handgepäck wie Bücher, Spiele und Proviant.

■ Essen und Kleidung nach Bedarf

In den meisten Zügen gibt es Bordrestaurants, deren Qualität sich in den vergangenen Jahren deutlich verbessert hat. Auch der Besuch des Restaurants ist natürlich eine Preisfrage. Kindern kommt die eingepackte

Brotzeit meist mehr entgegen. Zudem wissen Sie selbst besser als jeder Koch, was Ihren Kindern bekommt und gut schmeckt. Nehmen Sie, besser zuviel als zuwenig, leichte fettarme Kost mit, denn auf Reisen stellen sich sowohl der Hunger als auch das Völlegefühl schneller ein als zu Hause. Denken Sie auch daran, daß Züge oft überheizt sind. Vor allem im Winter sollten sie daher auf sogenannte „Zwiebelbekleidung“ achten. Dann können Sie nach Bedarf und Temperatur ein Kleidungsstück an- oder ausziehen.

Flugreisen mit Kindern

Bei Familien mit Kindern werden Flugreisen immer beliebter. Familienermäßigungen in den Pauschalreisekatalogen und günstige Last-Minute-Angebote tragen dazu bei. Am preiswertesten sind Flugtickets nach wie vor in der Nebensaison. Wer an die Schulferien gebunden ist, kann manchmal einige hundert Mark sparen, wenn der Abflug aus einem Bundesland erfolgt, wo die Ferien noch nicht begonnen haben. Ob Sie Charter oder Linie fliegen, erkundigen Sie sich nach Spartarifen und Sonderpreisen für Kinder. Ersparnisse können manchmal auch durch das sogenannte „Familiensplitting“ erzielt werden. Dann reist ein Erwachsener allein und der andere mit einem oder mehreren Kindern. Oder jeder Erwachsene reist mit einem Kind – je nachdem wie es am günstigsten ist und wie sich diese Rechenaufgabe für Ihre Familie stellt.

Vergleichen Sie nicht nur die Preise, sondern auch die von den meisten Fluggesellschaften angebotenen Extras für Kinder. Babys bis zu zwei Jahren reisen meist für 10 % des Flugpreises in speziellen Baby-Liegekörben, die auf einem Sitz neben oder vor den Eltern angebracht werden. Zusammengeklappte Kinderwagen können mit ins Flugzeug oder werden kurz vor Abflug zusammen mit dem Gepäck aufgegeben.

■ Kinderfreundlicher Bordservice

Viele Airlines lassen Eltern mit kleinen Kindern als erste Passagiere an Bord. Kindermenus, Windeln, Babynahrung oder die Möglichkeit, Fläschchen aufwärmen zu lassen, gehören an Bord zum Service. Die Wickeltische in den Toilettenräumen sind meist nicht so komfortabel. Bereits beim Ticketkauf im Reisebüro können Sie sich erkundigen, wie kinderfreundlich die jeweilige Fluggesellschaft ist.

Flugreisen bis zu vier Stunden überstehen selbst die kleinsten Kinder gut, wenn bestimmte Vorsorgemaßnahmen getroffen sind. Ob man kleinen Kindern längere Flugreisen zumuten kann, ist im Einzelfall mit dem Arzt zu klären. Wenn Sie Schnee, Kälte und Wind entfliehen wollen und in die Sonne reisen, so gehört für den Rückflug unbedingt warme Kleidung in das Handgepäck. Drastische Temperaturunterschiede sind eine Belastung für den Körper.

■ Streßfreie Flugreise

Streßfaktoren läßt sich beim Fliegen entgegenwirken, wenn man sich darüber im klaren ist, daß sich eine Flugzeugkabine von unserer gewohnten Umgebung unterscheidet. An die räumliche Enge und den hohen Geräuschpegel können sich Kinder meist eher gewöhnen als Erwachsene. Während des Flugs schlafen kleine Kinder meist ein. Größere Kinder und Erwachsene sollten ab und zu aufstehen und durch den Gang spazieren bzw. im Sitzen die Füße bewegen. Das regt die Blutzirkulation an und lindert Schwellungen an Beinen und Knöcheln.

Besonders beim Start und bei der Landung verändert sich im Flugzeug der Luftdruck. Mit zunehmender Höhe nimmt der Druck der Umgebungsluft ab und pendelt sich auf einen Druck ein, der etwa dem von 2400 m über dem Meer entspricht. Bei der Landung steigt er

wieder bis auf das gewohnte Niveau an.
Der Luftdruckunterschied zwischen Mittelohr und Umgebungsluft beim Starten und Landen kann vor allem kleinen Kindern Schmerzen bereiten. Um den Druckausgleich zu erleichtern, sollten Sie Ihr Kind nuckeln, kauen oder trinken lassen, auch bereits gestillte Säuglinge werden angelegt. Älteren Kindern und Erwachsenen helfen Bonbons oder Kaugummis. Akute Erkältungskrankheiten, eine Nasennebenhöhlenentzündung oder ein Tubenkatarrh erschweren den Druckausgleich. Falls Sie Ihren Flug nicht verschieben können, wenn Ihr Kind krank ist, sollten Sie ihm etwa 30 Minuten vor Start und Landung abschwellende Nasentropfen in die Nase einsprühen, um so eventuelle Beschwerden zu lindern.

Eigenschaften der Flugzeugkabine	**Anti-Streß-Tip**
reduzierter Gesamtluftdruck	schlucken, trinken und kauen erleichtert den Druckausgleich, bei akuter Erkältung helfen Nasentropfen
niedrige relative Feuchtigkeit	genügend trinken, Feuchtigkeitscreme auf die Haut und Lippen auftragen
räumliche Enge Lärm	durch Fußbewegungen die „Venenpumpe" anregen. Kissen gegen die Ohren legen

Das Klima in der Flugzeugkabine ist durch eine niedrige relative Luftfeuchtigkeit (etwa 6–15 %) geprägt. Kinder reagieren auf die spürbar trockene Luft empfindlicher als Erwachsene. Aufgrund ihrer im Verhältnis zu Größe und Gewicht großen Körperoberfläche, verdunsten sie im Flugzeug wesentlich mehr und schneller Flüssigkeit. Auch die Schleimhäute trocknen aus, was Halsschmerzen verursachen kann und die Anfälligkeit für Krankheitserreger fördert. Kinder sollten deshalb alle zwei Stunden mindesten einen viertel Liter Flüssigkeit zu sich nehmen. Am besten als Getränke geeignet sind Tee, Mineralwasser oder verdünnte Säfte. Säuglinge erhalten Milch oder Tee. Zuviel Flüssigkeit ist allerdings auch nicht gut. Besonders bei Langzeitflügen kann es zu Flüssigkeitseinlagerungen im Gewebe (vor allem der Beine) kommen. Gegen das Austrocknen der Haut hilft eine gute Feuchtigkeitscreme im Handgepäck.

Die Ernährung während des Fluges sollte leicht und wenig belastend sein. Auch am Tag vor einem Flug sollten Sie möglichst keine besonders blähenden Speisen wie Kohl oder Hülsenfrüchte zu sich nehmen. Leichtverdauliche kohlenhydrathaltige Speisen sind schlafstimulierend (z. B. Nudelgerichte) und sollten vor Nachtflügen genossen werden. Eiweißreiche Kost hingegen hält eher wach und lindert Ermüdungserscheinungen nach Tagesflügen.

■ Flugangst

Die meisten Kinder haben keine Angst vor dem Fliegen und erleben den Flug eher als ein Abenteuer. Wenn Sie aber feststellen, daß Ihr Kind sich doch fürchtet, so versuchen Sie, es abzulenken, indem Sie z. B. eine spannende Geschichte oder etwas Lustiges erzählen. Geben Sie auch ruhig Ihre eigenen Ängste zu. Wenn Ihr Kind erlebt, wie Sie damit umgehen, wird es auch seine eigenen Ängste besser überwinden.

Krankhafte Flugangst kommt bei Kindern nur in ganz seltenen Fällen vor. Sollte bei einem Erwachsenen allerdings eine krankhafte Flugangst bestehen, so empfiehlt es sich, eine entsprechende Selbsthilfegruppe aufzusuchen. Die Lufthansa veranstaltet z. B. in regelmäßigen Abständen Seminare zur Bewältigung von Flugangst (vgl. Adressen im Anhang).

Anreise mit dem Schiff

Je nach Strecke ist eine kombinierte Reise mit dem Auto oder Zug und einer Fähre in der Regel teurer als eine reine Bahn- oder Autoreise. Innerhalb Europas gilt: Fliegen ist schneller und meist auch günstiger. Es kommt eben auch ganz darauf an, was man von der Reise erwartet. Zum Preisvergleich verschiedener Fährgesellschaften und Reedereien ist zu raten. Achten Sie dabei nicht nur auf Kinderermäßigungen, sondern auch auf die im Preis inbegriffenen Leistungen, z. B. Essen und Unterhaltung an Bord, Größe und Ausstattung der Schiffe etc. Innenkabinen kosten oft weniger, haben aber keine Fenster und sind weniger geräumig.

Ob Sie tagsüber oder nachts reisen, hängt von der Dauer der Reise, Ihrem Zeitplan und der landschaftlichen Attraktivität der Strecke ab. Für Schiffsreisen ab acht Stunden Dauer sind die Nächte eher zu empfehlen. Buchen Sie unbedingt eine Kabine, dann sind Sie mit Ihren Kindern ungestört, und die ganze Familie kann sich von der möglicherweise schon anstrengenden Anreise mit dem Auto oder der Bahn erholen. Viele Kinder schlafen auf Schiffen gut. Zunächst entdecken sie die neue, aufregende Umgebung. Vielleicht läßt man sie länger als sonst aufbleiben, dann werden sie müde, und die leichte Schaukelbewegung tut ihr übriges.

■ Sonnenbrand und Seekrankheit

Wenn Sie sich mit Ihren Kindern tagsüber an Deck aufhalten, denken Sie bitte immer daran: Wasser verstärkt die Sonneneinstrahlung. Das Sonnenbrandrisiko an Deck steigt, vor allem, wenn ein leichter Wind weht und man die Sonne nicht so stark spürt. Kopfbedeckung und Sonnenschutz mit hohem Lichtschutzfaktor (mindestens LSF 15) sind unerläßlich! Genießen Sie die Überfahrt, aber bleiben Sie vorwiegend im Schatten.

Seekrankheit oder Übelkeit kann plötzlich auftreten und Große wie Kleine befallen. Kaugummis und Pflaster gegen Reisekrankheit eignen sich für Erwachsene und für Kinder ab zehn Jahren. Jüngeren Kindern sollten Sie eher ein Zäpfchen gegen Übelkeit verabreichen (vgl. Reiseapotheke, Seite 58). Leichte Kost (Weißbrot, Suppe, Joghurt) sowie ausreichend Flüssigkeit beugen vor und helfen auch über leichte Übelkeit hinweg.

Statt großer Mahlzeiten empfiehlt es sich eher, über den Tag verteilt mehrere kleinere Portionen zu essen. Geben Sie Ihren Kindern etwa einen viertel Liter pro Stunde zu trinken. Geeignet sind Mineralwasser ohne Kohlensäure, Tee und Brühe. Sollte dennoch ein Kind erbrechen oder Durchfall bekommen, ist Ruhe angesagt. Frische Luft tut gut, lesen strengt zu sehr an. Nachts ist schlafen die beste Medizin. Sorgen Sie aber auch dann dafür, daß Ihr Kind genügend Flüssigkeit zu sich nimmt. Tagsüber ist ein Liegestuhl im Schatten an Deck auch bei Übelkeit der beste Platz. Große Schiffe schaukeln selten so stark, daß es einem bereits vom Blick auf die Wellen übel wird.

Mit dem Bus zum Urlaubsziel

Besichtigungen mit dem Bus sind für Kleinkinder langweilig und nicht empfehlenswert. Sollten Sie sich aber für eine Hin- und Rückreise mit dem Bus entscheiden, so wählen sie eine Nachtfahrt. In den modernen Reisebussen kann man recht gut schlafen. Bedenken Sie aber, daß es in Bussen weder Rückhaltesysteme noch Kindersitze gibt! Mit ganz kleinen Kindern ist von einer langen Busreise auf jeden Fall abzuraten. Lange Busreisen werden sogar für Erwachsene schnell zur Qual. Auf kurvigen Strecken kommt es im Bus noch eher zu Reiseübelkeit als im Auto. Denken Sie also auch an Medikamente gegen die Reiseübelkeit, wenn Sie oder Ihre Kinder dazu neigen. Ein weiterer Nachteil von

Busreisen im Vergleich zu Autoreisen: Über Häufigkeit und Länge der Pausen bestimmt der Busfahrer. Die Toiletten im Bus sind meist unangenehmer als in der Autobahnraststätte.

Tips gegen die Langeweile unterwegs

Je länger die Reise, desto mehr müssen sich Eltern einfallen lassen, um Ihre Kinder zu beschäftigen. In engen Verkehrsmitteln langweilen sich Kinder sehr schnell. Im Auto ertönt bereits bei Tagesfahrten spätestens nach einer halben Stunde zum erstenmal die Frage: „Wie weit ist es denn noch?“ Sind mehrere Geschwister im Fond, die sich langweilen und noch dazu müde werden, kommt es in der Regel zu Streitereien, die ziemlich an den Nerven der Eltern zerren. Je enger es im Auto ist, desto eher streiten sich die Kinder. Wenn Sie viel Gepäck haben, bringen Sie es lieber auf dem Autodach unter, bevor Sie an Spielzeug sparen. Stellen sie für Ihre Kinder eine Überraschungstasche zusammen, die sie erst im Auto auspacken dürfen. Wenn die Kinder alt genug sind, können sie ihren Rucksack mit „unbedingt notwendigem Spielzeug“ selbst packen. Sie werden staunen, wenn Sie sehen, was für Ihr Kind wichtig ist!

■ Autofahrten mit Babys

Säuglinge, die älter als vier Monate sind, sollten mit einem Erwachsenen, der sie beschäftigt, auf der Rückbank untergebracht werden. Je kleiner das Kind, desto größer die Chance, daß es auf der Fahrt einschläft. Babys und Kleinkinder haben jedoch auch ein größeres Bedürfnis nach körperlicher Zuwendung. Sie leiden besonders schnell unter Langeweile, weil ihr Zeitgefühl so gut wie noch gar nicht ausgeprägt ist.

Um Babys zu beruhigen, berührt man sie am besten leicht und spielerisch an verschiedenen Körperteilen. Auch das Spiegelbild fasziniert Babys sehr. In einem kleinen Handspiegel können sie Ihrem Kind seine Körperteile zeigen und die entsprechenden Wörter dafür beibringen. Ist es schon etwas älter, beginnt es zu sprechen und sich für Fingerspiele zu interessieren. Sie sagen dann z.B. folgenden Spruch auf: „Fünf Finger zappeln herum, einer kippt um. Da sind es nur noch vier. Vier Finger …“ Das Kind soll dazu entsprechend die Finger bewegen. Sie können ihm auch dabei helfen oder die Fingerbewegungen nur vormachen.

■ Geographisches Interesse wecken

Schiffs- und Bahnreisen sind für Kinder abwechslungsreicher als Auto- oder längere Flugreisen. Außer im Auto können Sie mit Ihren Kindern überall einfache altersgerechte Karten- oder Gesellschaftsspiele spielen. Nehmen Sie auch eine anschauliche Landkarte mit und zeigen Sie den Kindern unterwegs ab und zu, wo sie gerade sind und wie weit es noch ist. Je nach Alter können Sie gleichzeitig einiges über das Kartenlesen und das Reiseziel erzählen. Lassen Sie sich auf der Karte zeigen, wo z.B. das Meer liegt. Haken Sie ab und zu mit Fragen nach, dann merken Sie schnell, wie viele Informationen Ihr Kind aufnimmt und behält. Auf der Rückfahrt können sie Urlaubserlebnisse gemeinsam in der Erinnerung aufleben lassen. Fragen Sie Ihre Kinder, was ihnen am besten gefallen hat.

■ Humor und Phantasie gefragt

Im Auto vertreiben lustige Gespräche und gemeinsames Singen die Langeweile. Auch Musik- oder Märchenkassetten begeistern die meisten Kinder. Wenn Ihr Kind einen Walkman hat, müssen Sie auch nicht die ganze Zeit die gleiche Kassette anhören. Es gibt natürlich auch Kinder, die sich sehr lange mit Puppen oder anderem Lieblingsspielzeug beschäftigen können. Viele ältere Kinder lesen, malen oder schreiben auch gerne.

Besonders wenn die Kinder selbst noch nicht lesen können, müssen die Erwachsenen erfinderisch werden. Viele Ratespiele oder Wortspiele, die Wahrnehmung, Phantasie, Humor, Gedächtnis und Sprachgefühl fördern, sind im Auto als Zeitvertreib geeignet. Außerdem braucht man dazu weiter nichts als etwas Geduld, Aufmerksamkeit und Humor.

Einige Spielideen für unterwegs

Es gibt mehr Spiele, als Sie denken, für die weder Papier- und Bleistift unbedingt gebraucht werden, noch eine feste Ablage wie ein Tisch. Oft sind nicht einmal Berührungen oder Blickkontakte nötig, was der Sitzordnung im Auto entgegenkommt. Folgende Spiele machen Kindern meist viel Spaß:

Rätselraten:
Beispiele: Welche Fische sind die höflichsten? (die Bücklinge).
Welcher Stuhl hat keine Beine? (der Dachstuhl).

Geheimsprachen:
Beispiele: „Wor sond bold do"; Konsonanten, Vokale oder ganze Silben werden nach vorher festgesetzten Regeln durch andere ersetzt. Besonders witzig klingt es, wenn das L durch ein N ersetzt wird und/oder umgekehrt (N-Sprache) *Beispiele:* „Leute, laßt uns lieber nicht so lange lachen" bzw. „Neute, naßt uls nieber licht so nalge nachen". Das Wettsprechen oder „Übersetzungen" enträtseln kommt bei den meisten Kindern gut an. Lustige Effekte ergeben sich auch durch das Vertauschen der Anfangsbuchstaben zusammengesetzter Worte. *Beispiele:* Lippenrot – Rippenlot etc.

Reime bilden:
Beispiele: „Beim Nachbarn hat's gebrannt, die Feuerwehr kam angerannt". Ein Satz wird vorgegeben, jeder muß einen neuen Reim dazu erfinden.

Ulk mit bekannten Gedichten oder Liedern:
Mit ganz neuem Sinn oder Unsinn angereichert, wirken bekannte Verse sehr lustig, wenn nach jeder Zeile derselbe selbst erfundene Text eingesetzt wird. Beispiel: „Alle Vögel sind schon da“, „ohne Schuhe, unrasiert und weit von zu Hause weg“ oder „Der Mai ist gekommen“, „ohne Schuhe, unrasiert ...“

Bandwürmer:
Beispiel: Handtasche, Taschenbuch, Bücherwurm, Wurmkur, Kurort etc.; Spiel mit zusammengesetzten Wörtern: Das erste Wort wird vorgegeben, jedes nächste Wort muß mit dem zweiten Teil des vorausgegangenen anfangen.

Zungenbrecher-Wettsprechen:
Beispiel: „Fischers Fritze fischt frische Fische“ oder „Zehn zahme Ziegen zogen zehn Zentner Zucker zum Zoo.“ Wer sich am schnellsten verspricht, hat zwar einen Lacherfolg, das Spiel aber verloren.

Wörter aus Autokennzeichen bilden:
Mit den Buchstaben auf dem Kennzeichen eines vorbeifahrenden Autos werden so viele Wörter gebildet, wie Ihren Kindern einfallen. Es kann auch viel Spaß machen, daraus ganze Sätze zu bilden.

Phantasie-Wörter aus Namen bilden:
Beispiel: Uwe – veruwen, Susanne – susannieren, Klaus – verklausen, etc.

Geschichten erfinden:
Ganze Geschichten gemeinsam erfinden oder die Kinder nur das Ende einer Geschichte selbst erfinden lassen. Interessant wird es, wenn mehrere Kinder im Auto sind und jedes sich ein anderes Ende für dieselbe Geschichte ausdenkt.

Tierstimmen nachahmen:
Einer imitiert Tiere mit der Stimme und die anderen müssen die Tiere erraten.

Zahlen vermeiden:
In diesem Spiel geht es nicht um das Rechnen, sondern

um das Aufpassen. Es werden leichte Rechenaufgaben gestellt, aber bestimmte Zahlen sind als Antworten tabu. Je mehr Zahlen nicht genannt werden dürfen, desto schwieriger wird das Spiel. *Beispiel:* Die 5 ist tabu. Somit ist 3 + 2 nicht 5, sondern z. B. 7 – 2.

Wahrnehmungsspiele:

Beispiel: „Ich sehe was, was du nicht siehst, und das ist ...“, alle anderen Mitspieler müssen den nun beschriebenen Gegenstand erraten. Manchmal wird er genau beschrieben, manchmal einigen sich die Spieler darauf, nur die Farben zu nennen.

Das Spiel kann auch andersherum gespielt werden, z. B. wenn erst die Farbe bestimmt und dann der Gegenstand dazu gesucht wird. Man kann die Umgebung auch durch die Brille des Alphabets sehen und versucht dann beim Nach-draußen-Schauen, möglichst viel zu sehen, was sich mit dem Anfangsbuchstaben A, B, C etc. benennen läßt. (z.B. Amsel, Antenne, Auto, Autobahn).

Fragespiele:

Beispiel: „Was braucht der Gemüsehändler“, die Kinder müssen nun möglichst viele Gegenstände nennen. Oder „Sag, was fehlt“, die Kinder müssen Sätze aus dem Alltag ergänzen, z. B. „Zum Essen gibt es ...“ Solche Spiele schärfen die bewußte Wahrnehmung und können zu neuen, ganz anderen Gesprächen überleiten, die dann ebenfalls die Zeit während der Fahrt unbemerkt verstreichen lassen.

Papiere, Geld, Gepäck und Gesundheitsvorsorge

Lassen Sie sich Ihre Urlaubsvorfreude nicht von Zeitdruck, Chaos und Kindergeschrei verderben. Kümmern Sie sich rechtzeitig um Papiere, Gesundheitsvorsorge und Versicherungsschutz. Und damit Sie in aller Eile nichts vergessen, nutzen Sie unsere Checklisten für die Reiseapotheke und das Gepäck.

Sie haben Ihr Urlaubsziel im Visier oder die Reise gebucht, der Abreisetermin steht fest und rückt täglich näher. In das euphorische Gefühl der Vorfreude mischt sich so langsam die Sorge, etwas ganz Wichtiges zu vergessen. Keine Panik! Auch wenn Sie sich spontan für eine Last-Minute-Reise entschieden haben und Ihnen nur noch einige Tage Zeit bleiben, fallen die Vorbereitungen Ihnen schon viel leichter, wenn Sie wissen, worauf es ankommt und alle erledigten Dinge nach und nach von ihrer echten oder imaginären Liste streichen können. Fernreisen bedürfen in der Regel einer längeren Vorbereitung, die aber auch nicht allzu anstrengend werden muß, wenn Sie Ihre Zeit umsichtig einteilen.

Visa-Anträge und Impfungen gegen tropische Krankheiten sind in der Reisevorbereitung sehr aufwendig. Aus reinem Vergnügen sollten Sie sich mit kleinen Kindern eine Reise in entlegene tropische Länder deshalb nicht zumuten. Über die notwendigen Maßnahmen der Gesundheitsvorsorge finden Sie in diesem Kapitel trotzdem Informationen, die Sie insbesondere dann nutzen können, wenn sich ein Aufenthalt mit Kindern in den Tropen z. B. aus beruflichen Gründen nicht vermeiden läßt.

Papiere für die Reise

Kümmern Sie sich rechtzeitig um gültige Reisedokumente für ihre Kinder. Auch Babys brauchen bereits einen Kinderpaß. Es gibt Familienpässe, in die Kinder mit eingetragen werden. Sie sind aber dann von Nachteil, wenn das Kind vielleicht auch ab und zu mit einem Elternteil alleine reist.

In Ländern der Europäischen Gemeinschaft genügt ein Personalausweis als Reisedokument. Sollte Ihr Personalausweis oder Reisepaß abgelaufen sein, und Sie stellen das erst kurz vor der Reise fest, besteht die Möglichkeit, sich innerhalb von zwei Tagen einen Ersatzpaß ausstellen zu lassen. Dieses Dokument gilt für ein Jahr. Erkundigen Sie sich auch, ob für Ihr Reiseziel eine Visapflicht besteht. Entsprechend lange Zeit müssen Sie vor der Reise für den Antrag einplanen.

■ Sicher ist sicher!

Es kann passieren, daß Ihnen im Urlaub durch Diebstahl oder Verlust wichtige Dokumente abhanden kommen. Die Wiederbeschaffung ist mühsam und das Ausstellen von Ersatzpapieren dauert lange. Wertvolle Urlaubstage gehen verloren und das Gequengel kleiner Kinder ermuntert dann auch nicht gerade. Machen Sie zu Hause von allen wichtigen Dokumenten wie Fahrkarten, Flugtickets, Führerschein, Paß, Impf- und Allergiepaß etc. zwei Kopien. Einen Kopiensatz verwahren Sie dann separat von Handgepäck, Brieftasche und den Originalpapieren im Koffer, den zweiten hinterlegen Sie zu Hause bei Verwandten oder Bekannten, die Sie im Notfall anrufen können. Falls die Dokumente verschwinden, hilft die Kopie deutschen Konsularangestellten Ersatzpapiere deutlich schneller als sonst auszustellen. Auch die Airline stellt angesichts einer Kopie viel schneller ein neues Ticket aus.

■ Reiseversicherungen

Vor unliebsamen Überraschungen ist im Urlaub leider niemand geschützt. Ob Sie erkranken, einen Unfall haben oder Ihr Gepäck beschädigt oder abhanden gekommen ist, gegen die meisten Risiken gibt es eine Versicherung. Auf Reisen mit Kindern sind die Reiserücktrittskosten- und die Reise-Krankenversicherung (mit Notfallservice) unabdingbar.

■ Reiserücktrittsversicherung

Gründe für einen Rücktritt von der Reise gibt es viele. Hat Ihr Kind z.B. Windpocken, fühlt sich aber wohl, so darf es wegen der hohen Infektiosität dennoch nicht das Flugzeug besteigen bzw. eine Clubanlage betreten. Wenn eine gebuchte Reise mit der Familie nicht angetreten werden kann, führt das in der Regel zu erheblichen Kosten. Da zahlt sich eine Reiserücktrittsversicherung schnell aus.

Diese hilft bei Unfall, unerwartet schwerer Erkrankung und Tod, bei Impfunverträglichkeit oder Schwangerschaft, wenn das Risiko einer Reise für die werdende Mutter zu hoch ist.

Bei Abschluß einer Reiserücktrittskosten-Versicherung sollte darauf geachtet werden, daß auch die Ersatzreise-Versicherung angeboten wird. Muß eine Reise in der ersten Urlaubshälfte aus versichertem Grunde abgebrochen werden, wird der gesamte Reisepreis ersetzt. Wird die Reise später abgebrochen, werden die Kosten für die nicht in Anspruch genommenen Reiseleistungen anteilig erstattet.

Kann eine Reise aufgrund einer Krankheit nicht angetreten werden, so ist sie unverzüglich im Reisebüro zu stornieren und die Krankheit durch ein ärztliches Attest zu belegen. Die Kosten für diese Atteste belaufen sich je nach Umfang zwischen 10 und 40 DM, die Sie selbst tragen müssen.

■ Private Reisekrankenversicherung

Medizinische Behandlungen während einer Auslandsreise können sehr teuer werden. Wer gesetzlich krankenversichert ist, kann von seiner Krankenkasse einen sogenannten Berechtigungsschein beantragen. Er gilt für Länder der EU bzw. auch für Länder, mit denen die BRD ein Sozialversicherungsabkommen abgeschlossen hat. Der Reisende sollte aber wissen, daß im Krankheitsfall die gesetzlichen Krankenversicherer nur nach den vergleichbaren Inlandssätzen entschädigen. Übersteigen die Vergleichssätze die Behandlungskosten, verbleibt der höhere Schadensbetrag beim Reisenden.

Trotz aller Abkommen zeigen die Erfahrungen, daß gerade in Touristenzentren Ärzte lieber bar abrechnen. Auch kann man es sich nach einem Unfall oftmals nicht aussuchen, ob der Transport in eine staatliche oder in eine private Klinik erfolgt. Zur Rückerstattung der im Ausland bereits verauslagten Kosten sind die gesetzlichen Krankenversicherer dann aber nicht verpflichtet.

Entstehen Behandlungskosten in Ländern ohne entsprechende Abkommen, hat der gesetzlich Versicherte keinerlei Ansprüche auf Kostenerstattung. Die Kosten für einen Rücktransport nach Hause werden von den Kassen nicht generell übernommen, auch dann nicht, wenn Abkommen bestehen. Erkundigen Sie sich immer verbindlich über den Umfang erstattungsfähiger Leistungen. Grundsätzlich sollte eine Reise-Krankenversicherung vor jeder Reise abgeschlossen werden. Unbedingt enthalten sollte sie einen sogenannten Assistanceteil (Soforthilfe in Versicherungspaketen, Notfallservice bei Einzelversicherungen).

■ Versicherungsschutz im Komplettpaket?

Eine Reisegepäckversicherung ist ebenfalls sinnvoll. In der Regel können Sie die wichtigsten Reiseversicherungen in einem preisgünstigen Komplettpaket bereits im Reisebüro zusammen mit der Reise buchen. Bei Autofahrten empfiehlt sich z. B. der Auslands- oder Inlandsschutzbrief des ADAC. Auch bei Direktbuchungen sollten Sie eine Reiserücktrittsversicherung abschließen, die viele Hotels bereits anbieten. Überprüfen sie den Versicherungsschutz durch Ihre Kreditkarten (Visa, Eurocard etc.), zuviel Versicherung kostet nur, nützt aber nicht mehr.

Geldtips für den Urlaub

Während der Reise brauchen Sie für Lebensmittel, Eintritt, Busfahrten und andere Urlaubseinkäufe genügend Geld in der entsprechenden Landeswährung. Informieren Sie sich, ob es günstiger ist, in Deutschland oder im Urlaubsland zu tauschen. Allzuviel Bargeld sollten Sie nicht in der Tasche haben, das Verlustrisiko ist zu groß. Gerade im Urlaub mit Kindern können aber unvorhersehbare größere Ausgaben auf Sie zukommen, z. B. im Krankheitsfall. Nehmen Sie für solche Fälle genügend Reiseschecks, ein Postsparbuch und/oder eine Kreditkarte mit. Prüfen Sie, wie es am günstigsten ist.

Wer im Urlaub mit dem Euroscheck zahlt, bekommt zwar den günstigeren Briefkurs bei der einheimischen Bank, zu Hause muß er jedoch für jede Transaktion Buchungsgebühren bezahlen. Günstiger sind Reiseschecks: Einzelbuchungsgebühren oder Einlösegebühren fallen nicht an. Ist die DM an Ihrem Reiseziel genügend bekannt, können Sie sich Reiseschecks statt in Dollar auch in DM ausstellen lassen. Bei Zurücktauschen der übriggebliebenen Schecks müssen sie nicht wie bei den Dollar-Reiseschecks ein zweites Mal mit einem Kursverlust rechnen. Im Ausland wird der DM-Scheck in die jeweilige Landeswährung umgerechnet. Verwahren Sie alle Quittungen und Bescheinigungen.

Am günstigsten reist man mit dem Postsparbuch. Es wird in 18 Ländern bei der Post oder Postbank akzep-

tiert. Es werden monatlich höchstens 3000 DM ausgezahlt, aber man kann mehrere Postsparbücher mitnehmen. Gebühren werden nicht erhoben. Bei der Post wird mit dem Briefkurs gerechnet, der im Vergleich zum Barkurs immer etwas besser ausfällt.

Tips für die Reiseapotheke

Grundausrüstung der Reiseapotheke:

- Pflaster mit Schere
- Verbandsmaterial (Mullbinden)
- Antiseptikum
- Pinzette
- Fieberthermometer

Generell werden meist viel zu viele Medikamente mitgenommen. Bei Reisen in abgelegene Gebiete kann eine gut ausgestattete Reiseapotheke jedoch sehr wichtig werden. Es ist zu beachten, daß im heißen Klima die Verfallszeit verkürzt sein kann, Medikamente in flüssiger Form schneller eintrocknen, Wirkstoffe verdampfen, Zäpfchen weich werden. Auf Reisen in tropische Länder kann es hilfreich sein, Einmalspritzen und Nadeln mitzunehmen, da es daran vor Ort oft mangelt oder die Sterilisation ungenügend ist. Eine Nadel wird jeweils zum Aufziehen des Medikaments benötigt, eine andere für die Injektion. Am Reiseziel sollten Sie keinc Medikamente unbekannter Herkunft kaufen.

- Bitte immer die Informationen auf dem Beipackzettel der Medikamente beachten.
- Bei bekannten Vorerkrankungen sowie bei chronischen Erkrankungen sollten Sie der Reiseapotheke Ihre gewohnten Medikamente hinzufügen und mit Ihrem Arzt über Notfallmittel sprechen.
- Transportieren Sie Ihre Reiseapotheke und Medikamente immer im Handgepäck.
- Bewahren Sie die Medikamente kindersicher auf.
- Lagern Sie Ihre Reiseapotheke möglichst kühl, und setzen Sie sie nie direkter Sonne aus.

Reiseapotheke für Kinder

Reiseübelkeit, Erbrechen	ggf. Scopolamin-Kaugummis, Vomex-A-Zäpfchen oder Saft (40 mg, 70 mg, 150 mg), Traubenzucker
Durchfall	Heilnahrung (Milupa, Humana, Töpfer), Elektrolytlösung, z. B. Oralpädon, Santalyt, Hefemittel (z.B. Perenterol-Kapseln, Santax-Kapseln)
Verstopfung	z.B. Glycilax-Zäpfchen, Babylax
Schmerzen, Fieber	Fieberthermometer, Paracetamol-Zäpfchen oder -Saft (125 mg, 250 mg, 500 mg)
Schnupfen, Ohrenschmerzen	z.B. Otriven NT (0,025 %, 0,05 %, 0,1 %), NAC I (0,9 %)
Verletzungen	Hautdesinfektionsmittel, z. B. Mecucrom, essigsaure Tonerde; Pflaster; Pinzette, sterile Tupfer, Mullbinde, elastische Binde
Juckreiz, Insektenstiche	Moskitonetz; moskitoabweisende Mittel (Repellents), z. B. Autan (für Säuglinge und Kleinkinder nicht geeignet), z. B. Zedan, z. B. Ingelan-Puder, Soventol-gel, Fenistil-Tropfen
Sonnenschutz	LSF 10-20 Creme, Lotion, Gel
Dauer-medikamente	sterile Spritzen, Injektionsnadeln (bei Reisen in medizinisch unterversorgte Länder)

Die Medikamente der Reiseapotheke müssen Sie selbst bezahlen, die Krankenkassen tragen die Kosten nicht. Lassen Sie sich aber von Ihrem Kinderarzt beraten, und bringen Sie ggf. die Medikamente, die Sie zu Hause haben, mit in die Praxis. Der Arzt wird Ihnen sagen, welche Mittel für die Reise geeignet sind. Das spart Kosten.

Impfschutz vor der Reise

Alle Kinder sollten nach den Empfehlungen der STIKO (Ständige Impfkommisssion am Robert-Koch-Institut in Berlin) geimpft werden (siehe Seite 60). Für Fernreisen ist dieser komplette Impfschutz erst recht eine unverzichtbare Basis, weil das Infektionsrisiko in Tropen und Subtropen oft deutlich erhöht ist, und weil dort die Möglichkeiten zur Diagnostik und Therapie oft unzureichend sind. Sollten empfohlene Impfungen ausstehen, so kann Ihr Kinderarzt diese in aller Regel problemlos nachholen. Es wäre verantwortungslos, Kindern Impfungen vorzuenthalten, sie aber im Rahmen einer Reise einer Gefahr für Gesundheit und Leben auszusetzen. Die Kosten für die empfohlenen Impfungen übernehmen die Krankenkassen (wegen der Hepatitis B-Impfung ggf. zuvor die Krankenkasse befragen).

Natürlich sollten auch Erwachsene die sogenannte Grundimmunisierung gegen Diphtherie und gegen Wundstarrkrampf (Tetanus) erhalten haben. Auffrischimpfungen sind alle 10 Jahre empfohlen. Wird dieser Zeitabschnitt überschritten, genügt dennoch eine einzelne Auffrischimpfung. Der Grund hierfür liegt in der Tatsache, daß das körpereigene Abwehrsystem nach der Grundimmunisierung lebenslang über Gedächtniszellen verfügt, die jederzeit durch eine einzelne Impfung wieder „aktiviert“ werden können.

Der Impfschutz gegen „Kinderlähmung“ – Poliomyelitis ist der bessere Ausdruck, weil gerade Erwachsene an bleibenden Lähmungen erkranken – sollte vor allem bei Reisen in Länder mit hohem Infektionsrisiko ebenfalls wieder aufgefrischt werden. Ihr Arzt kann Sie hier beraten, insbesondere zu der Frage, ob der Lebendimpfstoff (die sogenannte „Schluckimpfung“) oder aber der inaktivierte Impfstoff (Totimpfstoff; wird injiziert) für Sie in Frage kommt und mit welchen Nebenwirkungen

Impfkalender für Säuglinge, Kinder und Jugendliche

Empfohlenes Impfalter*	Impfung gegen
ab Beginn 3. Monat (ab Beginn 9. Lebenswoche)	1. Diphtherie-Pertussis-Tetanus-Haemophilus influenzae Typ b (DPT-Hib/DTPa-Hib) und 1. Hepatitis B (HB) ** und 1. trivalente Polio-Schluckimpfung (OPV) *** **oder** 1. Diphtherie-Pertussis-Tetanus (DPT/DPTa) und 1. Haemophilus influenzae Typ b (Hib) und 1. Hepatitis B (HB) und 1. trivalente Polio-Schluckimpfung (OPV)
ab Beginn 4. Monat (ab Beginn 13. Lebenswoche)	2. Diphtherie-Pertussis-Tetanus-Haemophilus influenzae Typ b (DTP-Hib/DTPa-Hib) **oder** 2. Diphtherie-Pertussis-Tetanus (DPT/DTPa) und 2. Haemophilus influenzae Typ B (Hib) ****
ab Beginn 5. Monat (ab Beginn 17. Lebenswoche)	3. Diphtherie-Pertussis-Tetanus-Haemophilus influenzae Typ b (DTP-Hib/DTPa-Hib) und 2. Hepatitis B (HB) und 2. trivalente Polio-Schluckimpfung (OPV) **oder** 3. Diphtherie-Pertussis-Tetanus (DPT/DTPa) und 3. Haemophilus influenzae Typ b (Hib) und 2. Hepatitis-B (HB) und 2. trivalente Polio-Schluckimpfung (OPV)
ab Beginn 12.–15. Monat	4. Diphtherie-Pertussis-Tetanus-Haemophilus influenzae Typ b (DPT-Hib/DTPa-Hib) und 3. Hepatitis B (HB) und 3. trivalente Polio-Schluckimpfung (OPV) **oder** 4. Diphtherie-Pertussis-Tetanus (DPT/DTPa) und 4. Haemophilus influenzae Typ b (Hib) und 3. Hepatitis B (HB) und 3. trivalente Polio-Schluckimpfung (OPV) 1. Masern, Mumps, Röteln (MMR)
ab Beginn 6. Jahr	Tetanus-Diphtherie (Td-Impfstoff: mit reduziertem Diphtherietoxoid-Gehalt) 2. Masern, Mumps, Röteln (MMR)
11.–15. Jahr	trivalente Polio-Schluckimpfung (OPV) Tetanus-Diphtherie (Td) Röteln (alle Mädchen, auch wenn bereits gegen Röteln geimpft) ***** Hepatitis B für ungeimpfte Jugendliche

* Abweichungen von den vorgeschlagenen Terminen sind möglich und unter Umständen notwendig. Ziel muß es sein, unter Beachtung der Mindestabstände zwischen den Impfungen (Beipackzettel beachten) **möglichst frühzeitig** einen vollständigen Impfschutz zu erreichen. Dabei sollten auch die Möglichkeiten des Öffentlichen Gesundheitsdienstes genutzt werden. Die Beipackzettel sind zu beachten.

** Die Hepatitis-B-Impfung ist bereits ab Geburt des Kindes möglich. Neugeborene von Müttern, bei denen das Ergebnis der Hepatitis-B-Serologie nicht vorliegt, sollten in jedem Fall unmittelbar post partum geimpft werden.

*** Für Personen mit Immundefekten ist zur Polio-Schutzimpfung nur IPV indiziert. Das gilt auch für Säuglinge, Kinder und Jugendliche, die in einer Wohngemeinschaft mit Personen leben, die einen Immundefekt haben.

**** Bei Verwendung eines Impfstoffs mit an OMP gekoppelten Hib-Polysacchariden kann dieser Termin entfallen; die Grundimmunisierung wird dann ab Beginn 5. Monat fortgesetzt und ab Beginn 12. Monat vervollständigt.

***** MMR-Impfung für **alle** Kinder, die die 2. MMR-Impfung nicht erhalten haben.

Um die Zahl der Injektionen möglichst gering zu halten, sollten vorzugsweise Kombinationsimpfstoffe benutzt werden. Nicht alle verfügbaren Kombinationsimpfstoffe sind in der Tabelle 1 aufgeführt; weitere Kombinationsimpfstoffe sind in der Erprobung.

zu rechnen ist. Alle Erwachsenen sollten außerdem prüfen, ob sie vor Masern, Mumps, Röteln und Windpocken geschützt sind.

Alle bisher genannten Impfungen können in der Regel zeitgleich gegeben werden. Sie sind durchweg gut verträglich. Polio-Schluckimpfung und Typhus-Schluckimpfung müssen dagegen zeitlich getrennt gegeben werden. Beide Schluckimpfungen können bei Durchfall nicht gegeben werden, da dann der erzielbare Impfschutz u. U. vermindert ist.

Impfungen, die vor Infektionsrisiken in speziellen Gebieten schützen sollen („Reiseimpfungen“), werden im folgenden noch behandelt (vgl. Seite 65).

Infektionen durch Zecken

Zecken gehören zur Gattung der Milben. Sie ernähren sich von Körperflüssigkeiten der Säugetiere. Sie lassen sich überwiegend von Gräsern oder niedrigen Büschen von Menschen abstreifen. Kinder, die gerne in der freien Natur im Unterholz herumtoben, sind besonders gefährdet. Zecken können Krankheitserreger übertragen. Die beiden häufigsten Vertreter in Deutschland sind die FSME-Viren und die Borrelien.

■ FSME-Viren

FSME-Viren kommen in verschiedenen Gebieten Europas vor (siehe Karte) und gefährden hier die Gesundheit Einheimischer wie auch Reisender. Hirnhautentzündung (Meningitis) und/oder Hirnentzündung (Enzephalitis) sind seltene, aber schwerwiegende und gelegentlich tödlich verlaufende Folgen der Infektion. Insgesamt ist der Krankheitsverlauf bei Kindern meist leichter, aber auch Kinder können an FSME versterben.

■ Borrelien

Die ursächlichen Bakterien können sehr schwere und vor allem chronische Krankheitssymptome auslösen. Erstes Anzeichen einer Borrelieninfektion ist oftmals eine größer werdende Rötung um die Bißstelle. Sie sollten dann sofort einen Arzt aufsuchen. Spätfolgen können von Nervenschmerzen bis zu Gehirnentzündungen und Hautschädigungen reichen. Eine Impfung wird in Kürze verfügbar sein. Eine Antibiotikatherapie ist zu empfehlen.

Nicht immer gelingt es, Zeckenbisse zu vermeiden. Selbst schützende Kleidung und Insektenschutzmittel reichen manchmal nicht aus. Einmal von einer Zecke befallen, kommt es darauf an, die Tiere möglichst schnell und schonend zu entfernen. FSME-Viren werden leider

oft sofort, Borrelien aber erst im Verlauf von vielen Stunden übertragen. Suchen Sie Ihre Kinder nach dem Spielen in der Natur unbedingt auf Zeckenbefall ab. Zur Entfernung darf man den Blutsauger nicht quetschen. Auch ersticken in Öl oder Klebstoff ist keine geeignete Methode. Am besten packen Sie die Zecke mit

FSME-Verbreitungsgebiete (Quelle: Behring-Werke, Marburg)

einer spitzen Pinzette knapp oberhalb der Haut und ziehen sie langsam heraus. Drehen hilft nichts.

Verbreitung der FSME/Borreliose

In Bayern sind die Regionen entlang der Donau sowie ihrer südlichen Zuflüsse Lech, Paar, Ilm, Vils, Inn und Salzach sowie ihrer nördlichen Zuflüsse Altmühl, Schwarze Laaber, Naab und Regen als Verbreitungsgebiete zu kennzeichnen. Ebenso sind entlang des Mains und seiner Nebenflüsse FSME-Infektionen aufgetreten. In Baden-Württemberg befinden sich FSME-Endemiegebiete entlang des Rheins vom Bodensee bis Karlsruhe und entlang des Neckars von Rottweil bis Mannheim. Besonders häufig sind Infektionen in der Region um Freiburg bis in den Schwarzwald hinein beobachtet worden. Außerhalb Süddeutschlands sind FSME-Infektionen in Mecklenburg-Vorpommern, Sachsen-Anhalt, Sachsen, Thüringen, Berlin, Hessen und Rheinland-Pfalz beschrieben worden. Genauere Angaben finden Sie in den aktuellen Verbreitungskarten. In Europa sind hochaktive Verbreitungsgebiete in Skandinavien (Teile der Ostseeküste, Südschwedens und Finnlands einschließlich vorgelagerter Inseln), Teile der norwegischen Nordseeküste sowie in weiten Regionen der Tschechischen und Slowakischen Republik, Österreichs, Ungarns und den Ländern des ehemaligen Jugoslawiens bekannt. Einen Überblick geben die verfügbaren Karten der FS-ME-Verbreitungsgebiete. Das Risiko einer Infektion hängt von der Zahl infizierter Zecken ab. Je nach Verbreitungsgebiet liegt sie zwischen einigen Promille und wenigen Prozent. Die Borreliose ist weltweit verbreitet. Sie kann überall übertragen werden.

Impfung gegen FSME

Die Impfung gegen FSME kann Ihr Arzt vornehmen, sie wird meist von den Krankenkassen bezahlt. Wer soll

sich impfen lassen? Zu einer Impfung wird allen Personen geraten, die in Verbreitungsgebieten der FSME-Viren leben oder allen Reisenden in diese Gebiete. Selbst kurz vor der Abreise ist ein vollständiger Impfschutz oft noch möglich. Sprechen Sie Ihren Haus- oder Kinderarzt an. Der Impfstoff ist auch für Kinder ausgezeichnet verträglich. Unter Berücksichtigung der Schwere des Krankheitsbildes und der gezielten Indikationsstellung überwiegt der Nutzen der FSME-Impfung im Hinblick auf mögliche seltene Risiken eindeutig.

Gesundheitsvorsorge für Fernreiseziele

Reisen Sie mit Ihren Kindern in warme oder tropische Länder, so ist die rechtzeitige Gesundheitsberatung sehr wichtig. Bedenken Sie bitte, daß der kindliche Organismus in tropischen und subtropischen Ländern ganz besonderen, ungewohnten Strapazen ausgesetzt ist. Unnötige Risiken sollten Sie nicht eingehen. Kinder sind durch Infektionskrankheiten viel gefährdeter als Erwachsene. Bei Magen-Darm-Infektionen verlieren sie rasch Flüssigkeit und besonders Säuglinge können rasch „austrocknen". Läßt sich eine Reise in tropische Gebiete nicht vermeiden, beginnen Sie mindestens sechs Wochen vorher mit der Gesundheitsvorsorge. Sind alle Basisimpfungen bereits vorhanden, genügen auch drei Wochen.

Suchen Sie Ihren Kinderarzt auf, bevor Sie die Reise buchen, und überlegen Sie gemeinsam, was sinnvoll ist, und was Ihr Kind verkraften kann. Außerhalb der Routineimpfungen sind für viele tropische Reisegebiete spezielle Impfungen und Prophylaxemaßnahmen notwendig und teilweise auch vorgeschrieben! Ihr Kinderarzt wird den individuellen Impfplan für Ihre Kinder aufstellen und mit Ihnen die nötigen Maßnahmen besprechen. Ansonsten wird er Sie an einen sachkundigen Tropenarzt verweisen.

■ Vorgeschriebene Impfungen

Nach internationalen Vorschriften werden Impfungen (z. B. Gelbfieber, Cholera) bei der Einreise aus Endemiegebieten verlangt, wenn im Einreiseland eine Übertragung möglich ist. Bereits durch Zwischenaufenthalte, auch im Transit, kann eine Pflichtimpfung erforderlich werden. Einige Länder halten sich nicht an die internationalen Bestimmungen der Weltgesundheitsorganisation (WHO), sondern verlangen von Einreisenden zusätzliche Impfnachweise. Man beachte: Pflichtimpfungen gelten auch dem Schutz der Bevölkerung des jeweiligen Einreiselandes. Zum eigenen Schutz können darüber hinaus freiwillige Schutzimpfungen erforderlich sein. Vorgeschriebene Impfungen müssen im internationalen „gelben" Impfpaß eingetragen werden.

Informationen über Impfvorschriften und Empfehlungen enthält die jährlich von der WHO herausgegebene Broschüre „International Travel and Health". Ausführliche, laufend aktualisierte Angaben pro Reiseland bieten z. B. der reiseTip, den man bei TIP (Touristische Informations-Programme) in München bestellen kann, sowie die Tropeninstitute oder niedergelassene Tropenärzte. Auch bei den Gesundheitsämtern kann man sich über Pflicht- und Schutzimpfungen informieren. Im Zweifelsfall sollte man sich lieber impfen lassen. Alle Impfungen dürfen von jedem approbierten Arzt vorgenommen werden, mit Ausnahme der Gelbfieberimpfung, die nur den von der WHO bzw. den Gesundheitsbehörden zugelassenen Instituten oder Ärzten vorbehalten ist. Die erste Anlaufstelle wird immer der Kinderarzt bzw. der Hausarzt sein.

■ Hepatitis A

Gegen Hepatitis A sollten Sie sich und Ihre Kinder impfen lassen, wenn Sie in Endemiegebiete dieser Erkrankung fahren. Die „infektiöse Gelbsucht" ist vor

allem in Ländern der sogenannten Dritten Welt verbreitet, kommt aber in Süd- und Südosteuropa sowie in Nordafrika wesentlich häufiger vor, als in West- und Nordeuropa. Die Ansteckung erfolgt fäkal-oral, meist durch verunreinigte Nahrungsmittel bzw. Wasser. Kinder sind meist empfänglich, erkranken aber meist weniger schwer als Erwachsene. Strenge persönliche Hygiene und das Vermeiden von rohen und ungeschälten Nahrungsmitteln können das Infektionsrisiko zwar vermindern, aber nie ausschließen.

In Ländern mit häufigem Vorkommen der Hepatitis A infizieren sich die meisten Menschen bereits in der Kindheit, ohne besondere Symptome zu entwickeln. Unbemerkt infizierte Kinder können dann Erwachsene anstecken. Eine Hepatitis A-Infektion führt zu lebenslanger Immunität. Der Hepatitis-A-Erreger wird bereits zwei Wochen vor Erkrankungsausbruch ausgeschieden (Inkubationszeit 15–45 Tage).

Sollte sich Ihr Kind also infiziert haben, läßt sich das meist erst nach dem Urlaub feststellen. Wenn sich erste Anzeichen der Krankheit äußern, sind die Kinder wieder zurück in der Schule oder im Kindergarten. Je älter die erkrankte Person ist, desto schwerwiegender der Krankheitsverlauf. Todesfälle sind extrem selten, chronische Verläufe nicht bekannt.

Die Entwicklung neuer, gut verträglicher Impfstoffe hat inzwischen eine kurzfristige Impfung ermöglicht. Es reicht aus, sich mindestens 14 Tage vor der Reise impfen zu lassen. Es sind zwei Impfungen nötig, eine Auffrischung brauchen Kinder frühestens nach 15 Jahren. Die Kosten betragen zwischen 80 und 105 DM pro Impfung, sie werden nicht von der Krankenkasse bezahlt. Doch für den Schutz der Gesundheit und der Arbeitsfähigkeit (!) sollte man diese Kosten in Kauf nehmen. Die Gabe von „Gammaglobulin“ (Kosten: etwa 50 DM) ist nur noch selten sinnvoll.

Impfkosten	
Gelbfieber ca.	70 DM
Hepatitis A	
Kinderimpfstoffe	ca. 100 DM
Typhus	ca. 40 DM
Meningokokken-Meningitis	ca. 40–50 DM
Hepatitis B	ca. 360 DM
Tollwut	ca. 240 DM
Japanische Enzephalitis	ca. 180 DM

■ Hepatitis B

Während sich die Hepatitis A meist als Gelbsucht mit verschiedenen Allgemeinsymptomen äußert, aber fast immer folgenlos ausheilt, ist die Hepatitis B viel gefährlicher. In Deutschland kommen rund 50.000 Neuerkrankungen pro Jahr vor, wenigstens 1.000 Menschen sterben hier jährlich an den langfristigen Folgen der Hepatitis B-Infektion wie Leberzirrhose und Leberzellkrebs. Die Übertragung erfolgt nicht nur – wie lange Zeit irrtümlich angenommen – durch Bluttransfusionen, sondern vor allem durch Geschlechtsverkehr sowie bei engem Kontakt über leicht blutende Wunden mit (unerkannt chronisch) infizierten Menschen in Familien, Gemeinschaftseinrichtungen oder auch beim Sport. Alle Kinder sollten daher nach dem Impfplan der STIKO geimpft sein (die besseren Krankenkassen übernehmen die Kosten der Impfung).

■ Typhus/Paratyphus

Gegen Typhus gibt es eine gut verträgliche Schluckimpfung mit mindestens einjähriger Wirkung. Die Impfung sollte grundsätzlich bei Reisen in die Tropen und Subtropen durchgeführt werden. Wichtig ist die Impfung für Kinder, auch wenn sie manchmal Schwierigkeiten haben, die großen Tabletten zu schlucken. Typhus abdominalis ist eine schwere Allgemeininfektion, der Paratyhus verläuft meist etwas weniger schwer. In warmen Ländern ist die Ansteckungsgefahr hoch. Jährlich treten weltweit 33 Millionen Typhusfälle auf. Fünf Prozent der Infizierten werden zu Dauerausscheidern der Erreger und damit zu Ansteckungsquellen.

Neben der bereits beschriebenen Grundimmunisierung (siehe Impfkalender) sind für Fernreiseziele einige Impfungen vorgeschrieben bzw. empfohlen. Die hier abgebildeten Tabellen geben darüber Auskunft.

Pflichtimpfungen für Fernreiseziele

Gelbfieber **Kinder ab sechs Monaten**	notwendig für tropisches Südamerika, Schwarzafrika, Sahelländer; in Asien gibt es kein Gelbfieber, die Impfung kann jedoch bei Einreise aus Gelbfiebergebieten nach Asien verlangt werden. Einmalige Impfung (subkutane Injektion) spätestens 10 Tage vor Abreise, Gültigkeit 10 Jahre.
	Anmerkung: bei Kombination mit anderen Lebendimpfungen sollten Abstände zwischen 2 und 4 Wochen beachtet werden; die Polio-Impfung kann 2 Wochen nach der Gelbfieberimpfung erfolgen, nach einer Polio-Impfung ist jedoch ein Abstand von 4 Wochen bis zu einer Gelbfieberimpfung einzuhalten. In Ausnahmefällen können Gelbfieber und Polio am selben Tag gegeben werden. Die Impfung ist nicht beim Hausarzt möglich – sie darf nur in zugelassenen Gelbfieber-Impfstellen durchgeführt werden.
Cholera **Kinder ab sechs Monaten**	Injektionsimpfung wegen zu geringer Wirksamkeit von der WHO nicht mehr empfohlen; manche Länder in Afrika und Asien verlangen trotzdem den Impfnachweis. In diesem Fall einmalige Impfung (subkutane Injektion), gültig für sechs Monate.
Meningokokken-Meningitis (eitrige Gehirnhautentzündung durch Meningokokken) **Kinder nach einem Jahr**	Die Impfung wird bei Aufenthalten in Ländern Westafrikas, den Sahelgebieten und einigen asiatischen Ländern empfohlen (kann in manchen arabischen Ländern vorgeschrieben sein (z. B. während der Pilgerzeit); einmalige Impfung mit Totimpfstoff, Schutzwirkung 3 Jahre (Kinder können ab dem zweiten Lebensjahr geimpft werden).

Freiwillige Schutzimpfungen	
Typhus **Für Kinder ab zwei Jahren ist dieser Impfstoff wichtig**	a) Lebendimpfung (Schluckimpfung an den Tagen 1, 3 und 5); nicht gleichzeitig mit Malariatabletten, Abführmitteln oder Antibiotika. Die angegebene Schutzdauer beträgt etwa 1 Jahr. Impfstoff kühl lagern. b) Totimpfstoff (eine intramuskuläre Injektion vor der Reise). Die angegebene Schutzdauer beträgt etwa 3 Jahre, es besteht ebenfalls kein 100%iger Impfschutz. Abstände zu anderen Impfungen müssen nicht beachtet werden.
Hepatitis A (infektiöse Gelbsucht) **Kinder ab einem Jahr**	a) aktive Impfung je nach Impfstoff mindestens 14 Tage vor der Reise sowie eine Injektion nach 6–12 Monaten, Impfschutz für 10 Jahre. Spezieller Kinderimpfstoff vorhanden. b)alternativ passive Immunisierung mit 2 ml Gammaglobulin bis 40 kg Körpergewicht, dann 5 ml, kurz vor Abreise (ca. 3 Tage), hält etwa 3–6 Monate. I.d.R. aktive Immunisierung vorziehen!
Hepatitis B (Serumhepatitis)	Spezieller Kinderimpfstoff vorhanden. Aktive Impfung mit Totimpfstoff (Abstände 0, 1, 6 Monate). Bei baldiger Abreise auch Schnell-Impfschema (0, 7, 21 Tage) möglich. Überprüfung des Impferfolgs durch Antikörpertestung, Auffrischung alle 10 Jahre je nach Immunantwort (Antikörperbildung).
Japanische Enzephalitis Kinder ab einem Jahr	Die Übertragung erfolgt durch Moskitos. Eine Impfung gegen diese z.T. sehr schwer verlaufende Erkrankung (Gehirnentzündung) ist vor allem bei Reisen durch die ländlichen Gebiete Asiens sinnvoll (insbes. Süd- u. Westchina, Nordthailand, Birma, Nepal, Nordindien, Vietnam, Korea). Impfschema: Tage 0, 7 und 14–21, 1 Jahr, dann alle 2–4 Jahre. (Der Impfstoff ist in Deutschland nicht zugelassen.)
Tollwut	Vorbeugung mit den heute sehr gut verträglichen Impfstoffen bei besonderer Gefährdung ratsam (Tierärzte, Zoologen, Tierpfleger, aber auch Rucksackreisende in ländlichen Gebieten Asiens etc.). Impfschema: Tage 0, 7 und 21, 1 Jahr, dann alle 2–4 Jahre.

Zeitabstände zwischen verschiedenen Impfungen

Zwischen Lebendimpfungen sind folgende **Mindestabstände** angezeigt, vorausgesetzt, daß eventuelle Reaktionen vorangegangener Impfungen abgeklungen sind (nach BGA- bzw. Hersteller-Informationen):

Nach	Zu	Zeit
Gelbfieber	Polio	keine oder 2 Wochen
Gelbfieber	Typhus	keine
Gelbfieber	Masern, Mumps,	2 Wochen
Gelbfieber	Röteln, BCG	2 Wochen
Polio	Gelbfieber	keine oder 4 Wochen
Polio	Typhus	keine
Polio	Masern, Mumps,	4 Wochen
Polio	Röteln, BCG	4 Wochen
Typhus	Gelbfieber	keine
Typhus	Polio	keine
Typhus	Masern, Mumps,	keine
Typhus	Röteln, BCG	keine
Masern, Mumps, Röteln	Gelbfieber	4 Wochen
Masern, Mumps, Röteln	Polio	4 Wochen
Masern, Mumps, Röteln	BCG	4 Wochen
Masern, Mumps, Röteln	Typhus	keine
BCG	Gelbfieber	4 Wochen
BCG	Polio	4 Wochen
BCG	Typhus	keine
BCG	Masern, Mumps, Röteln	4 Wochen

Gelbfieber, BCG, Polio und Masern, Mumps, Röteln können bei Zeitmangel am selben Tag, sonst erst nach den angegebenen Zeiten gegeben werden.

Bei Anwendung von **Immunglobulinen** sind folgende **Mindestabstände** zu beachten:

Nach	Zu	Zeit
Gammaglobulin FSME-IG u. a. Immunglobuline	parenteralen Lebend-Virus-Impfstoffen wie Gelbfieber, Masern, Mumps, Röteln, Varizellen	3 Monate
parenteralen Lebend-Virus-Impfstoffen wie Gelbfieber, Masern, Mumps, Röteln, Varizellen	Gammaglobulin FSME-IG u. a. Immunglobuline	2 Wochen

Impfungen mit abgetöteten Erregern oder Toxoiden erfordern keine Zeitabstände.

Malaria-Prophylaxe

Mit Säuglingen und Kleinkindern sollten Sie nach Möglichkeit Regionen meiden, in denen Malaria häufig vorkommt und noch mehr Regionen, in denen der Erreger gegen die üblichen Malariamittel bereits resistent ist. Ist eine Reise in solche Gebiete nicht zu umgehen, so ist der Schutz vor Malaria für Kinder ganz besonders notwendig. Dabei spielt die Verhütung von Mückenstichen (vgl. Seite 83) die größte Rolle!

Als medikamentöse Vorbeugung kommen je nach Reisegebiet Chloroquin (Resochin, junior Tabletten oder Saft, Mefloquin und Lariam) und Proguanil (Paludrine Tabletten) in Frage. Der Arzt wird Ihnen ganz aktuell je nach den neuesten Empfehlungen der Weltgesundheitsorganisation für Ihr jeweiliges Reisegebiet die optimale Vorbeugung gegen Malaria nennen. Für einige Länder wird die Einnahme eines Medikamentes vom Zeitpunkt 1 Woche vor bis 4 Wochen nach der Reise empfohlen sein, für andere Länder macht dies wegen der aktuellen Resistenzsituation der Malaria-Erreger keinen Sinn. Im zweiten Fall kann es dagegen sinnvoll sein, ein Anti-Malariamittel in Deutschland zu kaufen, es bei den ersten Krankheitszeichen sofort einzunehmen, und unverzüglich einen Arzt aufzusuchen. Befragen Sie Ihren Arzt zu den Details der Anwendung des jeweils verordneten Präparates.

Notfallmittel mitnehmen

- bei kurzfristiger Malariaexposition (nur wenige Tage Aufenthalt in einem Malariagebiet)
- bei Reisen in Gebiete mit sehr geringem Malariarisiko
- bei bekannter Unverträglichkeit einer Malariaprophylaxe.

Das Notfallmittel kann bei malariaverdächtigen Symptomen und nicht erreichbarer ärztlicher Hilfe eingenommen werden. Dies ist jedoch nur eine Notfallmaß-

nahme bis zum nächstmöglichen Arztbesuch. Auch ist die Malarianotfallbehandlung nicht nebenwirkungsfrei. Durch die dafür zugelassenen Medikamente kann es zu Übelkeit, Herzrhythmusstörungen oder Depressionen kommen. Versuchen Sie deshalb immer, die Diagnose möglichst schnell durch einen Arzt zu sichern, der dann die entsprechende Therapie einleiten kann. Sollte bei Ihrem Kind tatsächlich ein Malariaverdacht bestehen, ohne daß ärztliche Hilfe erreichbar ist, bleibt natürlich allein die Möglichkeit, das größere gegen das kleinere Übel abzuwägen.

■ Symptome und Verhalten im Erkrankungsfall

Kinder sind durch die Malariaerkrankung besonders gefährdet! Ein Malariaanfall verbraucht die Energie von etwa 700 kcal. Je kleiner und geschwächter die Kinder sind, desto mehr drängt die Zeit, bei ersten Fiebersymptomen Gegenmaßnahmen zu ergreifen. Bei Kindern sollte die Malariatherapie nach Möglichkeit immer im Krankenhaus durchgeführt werden. Dort sind sie rund um die Uhr in Beobachtung und es kann jederzeit ärztliche Hilfe gerufen werden.

- Malariasymptome sind Fieber, schweres Krankheitsgefühl, Kopf- und Gliederschmerzen, Schüttelfrost u.a.m.
- Durch die Krankheitserscheinungen kann die Diagnose „Malaria“ weder sicher gestellt noch ausgeschlossen werden. Dies ist einzig durch den Nachweis von Parasiten im Blut möglich.
- Die Zeit zwischen der Einreise ins Malariagebiet und einer möglichen Malariaerkrankung beträgt mindestens sieben Tage (Inkubationszeit).
- Jedes unklare Fieber in den Tropen und auch lange Zeit nach der Rückkehr gibt so lange Anlaß zu Malariaverdacht bis das Gegenteil erwiesen ist.

Kofferpacken leicht gemacht

Damit das Kofferpacken vor der Reise Ihnen leichtfällt und Sie in aller Hektik nichts vergessen, haben wir zwei Checklisten vorbereitet. Packen Sie systematisch, und lassen Sie das zu Hause, was Sie ebensogut am Urlaubsort einkaufen können. Was Sie unterwegs und am Urlaubsort zuerst brauchen, gehört ins Handgepäck. Auch Fotoapparat, Papiere, Bücher und Spiele für unterwegs sind am besten im Handgepäck aufgehoben.

In europäischen Ländern ist auch im Hochsommer immer mit einer Schlechtwetterperiode zu rechnen. Nehmen Sie entsprechende Kleidung mit. Mindestens einen warmen Pulli, eine Hose, geschlossene Schuhe und eine Regenjacke sollten Sie für sich und die Kinder einpacken.

Wenn Sie Ihr Baby noch stillen, vergessen Sie nicht eine Milchpumpe, damit Sie etwas Milch abpumpen können, wenn das Baby plötzlich keinen Appetit hat. Stillen auf Reisen ist in der Regel unproblematischer als Fläschchenkost. Nehmen Sie trotzdem sicherheitshalber ein Fläschchen mit und etwas geeignete Milchfertignahrung. Zum Warmhalten der Kindermahlzeiten sind Thermoskannen oder elektrische Geräte für Gläschen (ggf. mit Adapter) hilfreich. Für einen Strandurlaub lohnt es sich, für Getränke und Zwischenmahlzeiten eine Kühltasche mitzunehmen. Überlegen Sie, ob Ihr Kind in einem von zu Hause mitgebrachten Reisebett besser schläft. Es gibt zusammenklappbare und aufblasbare Reisebetten für Kinder, die in der Reisetasche nicht viel Platz benötigen. Eine Gummiunterlage schützt die Matratze. Weniger entscheidend ist, ob Sie in den Urlaub auch Luftmatratzen, Planschbecken, einen Laufstall, aufblasbare Schwimmringe und anderes mehr mitnehmen. Beschränken Sie sich beim Kofferpacken zunächst auf das Wesentliche, dann sehen Sie, wieviel Platz Sie noch übrig haben.

Kofferpacken für Babys:	
Sauberkeit	☐ Fertigwindeln, Gummihose, waschbare Windeln ☐ Lätzchen, Spucktücher, Waschlappen ☐ Gummiunterlage
Kleidung	☐ Hemdchen und Jäckchen, Bodys, Strampelhosen ☐ lange und kurze Höschen/Röckchen ☐ Pullover, Anorak ☐ Strümpfe, Schuhe ☐ Schlafanzug ☐ Sonnenhut, Mütze
Pflegemittel	☐ Kamm, Bürste ☐ Zahnbürste ☐ Seife, Öl, Cremes, Puder
Essen, Schlafen Spielen	☐ Schlafsack, Schlaftier, Spielzeug, Spieluhr ☐ Badethermometer ☐ eigene Decke, evtl. Reisebett, Bettzeug ☐ Kinderwagen ☐ Babynahrung, Flaschenwärmer, Besteck, Teller
Für den Notfall	☐ Reiseapotheke ☐ Impfpaß, Vorsorgeheft, Chipkarte ☐ Auslandskrankenschein ☐ Wörterbuch in der Landessprache

Kofferpacken für Klein- und Schulkinder:	
Kleidung	☐ Unterwäsche, Strumpfhosen, Strümpfe ☐ Röcke, Jeans, Pullover, Wolljacke, ☐ Poloshirts, T-Shirts, Blusen, Kleider, Shorts ☐ Schlafanzug/Nachthemd ☐ Trainingsanzug, Anorak, ☐ Hut oder Schirmmütze, Schal, Mütze, Handschuhe ☐ Badeanzug, Badehose, Badekappe ☐ Gummistiefel, Turnschuhe, Sandalen
Pflegemittel	☐ Waschzeug, Kamm, Bürste, Taschentücher ☐ Zahnbürste, Pflegeprodukte ☐ Sonnenschutz, Insektenschutz
Sport und Freizeit	☐ Taschenmesser ☐ Schreibzeug, Tagebuch, Briefpapier, ☐ Malzeug, Spielzeug, Ball, Sandspielzeug ☐ Bücher, Rätselhefte, Gesellschaftsspiele ☐ Kuscheltier ☐ Schwimmflügel, Taucherbrille ☐ Sonnenbrille
Für den Notfall	☐ Impfpaß, Vorsorgeheft, Chipkarte ☐ Auslandskrankenschein, Reiseapotheke ☐ Wörterbuch der Landessprache

Verhaltenstips und Spielideen für den Ferienort

Wappnen Sie sich gegen zuviel Sonne und falsche Ernährung. Auf diese Weise gehen Sie bereits vielen Krankheitsrisiken aus dem Weg. Rundum gelungen ist der Urlaub erst dann, wenn keine Langeweile aufkommt. Einige Spielideen für den Urlaubsort geben wir Ihnen und Ihren Kindern mit auf die Reise.

In den kinderfreundlichen Mittelmeerländern finden Familien meist schnell Kontakt zu Einheimischen und sind auch gerngesehene Gäste. In Afrika, Asien und Lateinamerika werden westeuropäische Kinder oft wegen ihrer Haut- und Haarfarbe besonders beachtet und erleben viel Zuwendung. Kinder freunden sich schnell mit gleichaltrigen Einheimischen an. Wohin Sie mit Ihrer Familie auch reisen, Sie treffen andere Menschen, lernen andere Kulturen kennen, kommen mit Tieren in Kontakt und nehmen ungewohnte Nahrung zu sich. Nicht nur an das fremde Klima im Urlaubsland muß unser Organismus sich erst anpassen. Es kann passieren, daß der Körper heftig auf Krankheitserreger reagiert, die den Einheimischen hingegen nichts anhaben können. Auch wenn Sie im eigenen Land Urlaub machen, bedenken Sie: Kinder empfinden Veränderungen in ihrer Umgebung viel intensiver als Erwachsene. Sie nehmen eine Vielzahl unbekannter Eindrücke auf und reagieren auf den veränderten Tagesablauf je nach Temperament mit Übermüdung oder Überdrehtheit. Doch nach einigen Urlaubstagen finden selbst empfindliche Kinder ihr Gleichgewicht und ihren Schlafrhythmus meist wieder. Die typischen Reisedurchfälle werden stark durch ungewohnte Klimaein-

flüsse, Zeitverschiebungen, Umstellung des Wasserhaushaltes, ungewohntes Essen, fettige und ölige Speisen, Röststoffe, kalte Getränke in zu großer Menge begünstigt. Bei den Krankheitserregern handelt es sich meist um Bakterien oder Viren, die innerhalb von Stunden bis Tagen wieder aus dem Darm verschwunden sind.

Hygieneregeln beachten

Durch verunreinigte Getränke oder Nahrung werden Magen- und Darmerkrankungen übertragen. Deshalb ist es so wichtig, Hygieneregeln zu beachten und bestimmte Lebensmittel zu meiden. Sprechen Sie mit Ihren Kindern über erforderliche Verhaltensweisen.

■ Nur abgekochtes Leitungswasser trinken

Erklären Sie Ihren Kindern unbedingt, daß in Flaschen abgefüllte Getränke sauberer und gesünder sind als das Wasser aus dem Dorfbrunnen oder aus dem Wasserhahn. Konsequentes Abkochen ist die einfachste Methode, einwandfreies Trinkwasser zu bekommen! Eiswürfel sollten Sie grundsätzlich meiden, außer zum Kühlen von Prellungen. Auch Softeis und Speiseeis aus Eiswagen sollten Sie des hohen Wassergehalts wegen vorsichtshalber nicht essen.

Reisende in Länder mit mangelnder Wasserhygiene sollten das Trinken von Leitungswasser und von unbehandeltem Wasser aus anderen Quellen auf jeden Fall vermeiden. Unbedenklich sind industriell abgefüllte Getränke und in der Regel auch abgekochte Flüssigkeiten wie Tee oder Kaffee. Wasser, das sprudelnd gekocht hat, ist frei von krankmachenden Erregern wie Bakterien, Amöben und Hepatitis-A-Viren.

■ Ernährungsknigge für Auslandsreisen

Der Genuß von rohem Fleisch und Fisch sowie von Salaten aus ungeschältem Gemüse ist in vielen Ländern auch für Erwachsene ein Gesundheitsrisiko. Zu viel Obst kann auch in hygienisch unbedenklichen Reiseländern Durchfall verursachen. In der Karibik, Afrika oder Asien sind rohes Fleisch, Salate und Obst selbst im Hotel mit Vorsicht zu betrachten. Für Babys und Kleinkinder können Sie Fertigbreis und andere Fertiggerichte von zu Hause mitbringen. Wenn Sie im Restaurant essen, wählen Sie ein Lokal mit kinderfreundlichem Essen und Ambiente. Achten Sie darauf, daß die Speisen für Ihre Kinder nicht zu stark gewürzt sind.

Geflügelfleisch, Milchprodukte und Tiefkühlkost sind dann bedenklich, wenn eine absolut frische Verarbeitung nicht gewährleistet werden kann. In der Regel sind die landestypischen Speisen für Reisende sicherer und bekömmlicher als die sogenannte „internationale Küche".

Ernährungsknigge

Empfehlenswert sind:

- Alles frisch Gekochte und Gebratene (z. B. mageres, durchgebratenes Fleisch, Kartoffeln, Nudeln, Reis, Suppen, auch Bohnen, Erbsen, Zwiebeln usw.)
- Schälbares Obst (z. B. Orangen, Bananen, Mangos, Ananas, Kokosnüsse)
- Tee und Kaffee, industriell hergestellte Softdrinks und Mineralwasser
- Gewürze und Essenzen (Pfeffer, Chili, Salz, Curry, Essig, Speiseöl)

Bedenklich sind :

- Geflügel, Fisch, Meeresfrüchte, Krabben, Krebse, Muscheln
- Milchprodukte aller Art (Frischmilch, Yoghurt, Käse, Quark)
- Tiefkühlkost (mögliche Unterbrechung der Kühlkette!)

Ganz zu vermeiden sind:

- Rohes Fleisch (z. B. Tatar) oder roher Fisch (z. B. Austern)
- Rohe, kalte, abgestandene Speisen, Schinken, Wurst, Salate
- Ölige oder fettige Speisen (z. B. mayonnaisehaltiger Kartoffelsalat, Eier-Sandwiches)
- Eiswürfel, Speiseeis, offene Kaltgetränke nichtindustrieller Herkunft
- In Plastikfolie verpackte Nahrungsmittel wie z. B. aufgeschnittene Früchte

Tips gegen schlaflose Nächte

Für Kleinkinder und Säuglinge kann die ungewohnte Umgebung mit unbekannten Geräuschen vorübergehend zu Schlafstörungen führen. Jedes Kind reagiert anders. Manchmal wirken Meeresluft und lange Spaziergänge sich auf das Schlafverhalten positiv aus. Sie werden ja merken, wie Ihr Kind reagiert. Sorgen sie auf jeden Fall dafür, daß Spieluhr, Kuscheltier u.ä. wie gewohnt vorhanden sind. Auch ein „Babyphon“ kann von Nutzen sein. Halten sie sich an die „Zu-Bett-geh-Rituale“, die Ihr Kind von zu Hause kennt, und bleiben sie unbedingt erreichbar! Kleine Kinder können in fremder Umgebung Ängste entwickeln und plötzlich nachts anhaltend schreien, was wiederum Ihre Nerven strapaziert. Ihre Anwesenheit wirkt dann in der Regel beruhigend. Manchmal hilft es, das Licht anzulassen.

Wärme oder trockene Luft macht Kinder im Urlaub nachts durstiger als zu Hause. Bereiten Sie schon abends ein Getränk vor, das sie Ihrem Kind geben können, wenn es nachts aufwacht. Ängstliche oder aufgeregte Kinder müssen wissen, daß Sie da sind, dann ist alles gut! Haben sie Geduld, Sie schaffen das schon.

Gerade in südlichen Ländern sieht man auch kleine Kinder noch abends draußen spielen. Das ist im Sommer auch sinnvoll. Wenn Sie zwei bis vier Wochen lang im Süden sind, sollten sie die Gewohnheit der mittäglichen Siesta annehmen. Nach einigen Tagen hat sich der Organismus umgestellt.

Im übrigen gilt: Schulkinder können ruhig so lange aufbleiben, wie sie gerne möchten. Sie lernen dann ihre eigenen Grenzen kennen. Lockern Sie Ihren Erziehungsstil, aber geben Sie ihn nicht auf. Setzen Sie Vertrauensgrenzen, die Ihre Kinder dann aber auch einhalten sollten (z. B. statt bis 20 Uhr darf Ihr Kind bis 22 Uhr aufbleiben).

Sonnenschutz für die Kinderhaut

Besonders Kleinkinder und Säuglinge dürfen nur dosiert Sonne genießen. Vermeiden Sie daher jeglichen Sonnenbrand! Jeder Sonnenbrand im Kindesalter erhöht das Hautkrebsrisiko. Trotzdem können Sie bei entsprechender Vorbeugung die positive Wirkung des Lichtes genießen.

In südlichen Ländern sollten Sie sich mit Ihren Kindern zwischen 11.30 und 15.30 Uhr im Schatten, unter Bäumen oder in Räumen aufhalten, im Norden zwischen 12.30 und 15 Uhr.

■ Mit Hut und Brille an den Strand

Lassen Sie Ihre Kleinen nur wenige Minuten und niemals ohne Kopfschutz in die Sonne. Kaufen Sie auch für kleine Kinder eine gute Sonnenbrille beim Optiker. Breite Krempen am Hut oder Schirmmützen schützen die sonnengefährdeten Stellen an Hals und Nacken. Auch im Schatten ist es besonders für Babys oft zu warm, sorgen sie daher durch Fächeln oder einen Ventilator für genügend Luftbewegung. Gewöhnen Sie die Kinder langsam an die Sonne. Ziehen Sie Ihnen beim Toben, Ballspielen, Wandern oder Sandburgenbauen leichte Baumwollkleidung an, und setzen Sie Ihnen einen Hut auf. Halten auch Sie sich nicht länger als 45 Minuten in der prallen Sonne auf.

■ Sonnenschutz rechtzeitig auftragen

Kinderhaut ist unabhängig vom Hauttyp sonnenempfindlich, daher sind Sonnencremes mit hohem Lichtschutzfaktor (15 bis 20) unbedingt notwendig. Nase, Ohren, Schultern sind besonders sonnenbrandgefährdet und benötigen einen Sunblocker. Zudem reflektiert und verstärkt Wasser das Sonnenlicht. Lassen Sie Ihr Kind darum in den ersten Tagen mit einem leichten Baum-

woll-T-Shirt am Strand spielen. Sonnenschutzmittel sollten übrigens nicht erst vor Ort aufgetragen werden, sondern rechtzeitig, bevor Sie in die Sonne gehen. Sie entfalten ihre volle Wirkung erst nach ca. 30–45 Minuten. Auch wasserfeste Präparate müssen nach dem Baden und Abtrocknen erneuert werden. Achten Sie auch darauf, daß Ihr Kind genügend trinkt. Etwa 250 ml pro Stunde genügen, etwas mehr kann nicht schaden. Zitrussäfte sind in der Sonne keinesfalls optimal: Sie können die Lichtempfindlichkeit der Haut verstärken. Am besten geeignet und auch gut gegen den Durst sind Mineralwasser und kühle Tees.

Nicht zu lange im Wasser bleiben

Das Planschen und Spielen im und am Wasser macht fast allen Kindern riesigen Spaß. Am angenehmsten empfinden Kinder Wassertemperaturen von mindestens 18 Grad, während die Luft mindestens 22 Grad Celsius warm ist. Grundsätzlich sollten Sie Ihre Kinder nie unbeaufsichtigt ins Wasser gehen lassen. Strömungen und Untiefen können plötzlich gefährlich werden, und es stehen längst nicht überall Strandwärter und Rettungsdienste zur Verfügung.

Kleine Kinder sollten nur wenige Minuten im Wasser bleiben. Etwa 15 Minuten können sich drei- bis fünfjährige tummeln, bevor auch sie Anzeichen einer „Gänsehaut“ entwickeln. Wenn das Wasser sehr warm ist (28, 30 Grad), so können sie ruhig etwas länger herumplanschen. Nach 45 Minuten müssen auch ältere Kinder aus dem Wasser. Ihr Körper gewöhnt sich an die Wassertemperatur, und so bemerken sie nicht, daß sie trotz sommerlicher Temperaturen langsam unterkühlen. Meist folgen Schüttelfrost und erste Erkältungssymptome bereits abends. Achten Sie darauf, daß Ihre Kinder in den Wellen nicht zuviel Wasser schlucken. Das kann später zu Übelkeit und Erbrechen führen.

Um Unterkühlung oder Erkältung vorzubeugen, heißt es, sich nach dem Baden Salz- und Chlorwasser abduschen, sorgfältig abtrocknen und den Sonnenschutz erneuern. Ziehen Sie Ihren Kindern eine trockene Badehose an, um Blasenreizungen zu vermeiden. Nehmen Sie sicherheitshalber Kunststoffsandalen oder Badeschuhe mit an den Strand. Sie schützen die Füße vor Muschel- und Glasscherben, spitzen Steinen und heißem Sand, aber auch vor Insekten- und Seeigelstichen. Leider kann man nicht überall barfuß laufen, obwohl es gerade im Sand sehr gesund ist und die Fußmuskeln und Blutgefäße trainiert.

Infektionsgefahr im Badeurlaub?

Jedes Jahr werden regelmäßig Untersuchungen durchgeführt, bei denen die Qualität des Wassers, die Sauberkeit des Strandes sowie vor allem die Algenbildung im Wasser begutachtet werden! Die Ergebnisse dieser Tests veröffentlichen z. B. der ADAC und die Stiftung Warentest regelmäßig. Sie können dort auch abgerufen werden (siehe Anhang).

Baden Sie nicht in der Nähe von Hafen- oder Industrieanlagen. Das Wasser ist dort meistens mit Ölen, Chemikalien und anderen z.T. giftigen Abwässern verunreinigt. Meiden Sie auch stehende Gewässer, wie Tümpel, Altwasserarme o.ä.. In ihnen ist der Frischwasseraustausch nur gering und Bakterien können sich ungehindert vermehren. Außerdem ist eine Fäkalienverunreinigung nicht auszuschließen.

Baden in Binnengewässern (Seen, Teiche, Bäche) kann in einigen Ländern mit der Gefahr einer Infektion durch Pärchenegel (Bilharziose) verbunden sein, deren Larven durch die intakte Haut eindringen können. Barfußgehen auf feuchten Böden fördert u.U. eine Hakenwurminfektion. Kinder sollten in verseuchten Gebieten daher immer Schuhe, wenigstens Kunststoffsandalen tra-

gen. Völlig gefahrlos sind nur gechlorte Schwimmbäder.

■ **Fremde Tiere nicht streicheln**

Wegen der Gefahr der Parasiteninfektionen, vor allem des Wurmbefalls in Ländern mit niedrigem Hygienestandard, sollten Katzen und Hunde nicht gestreichelt werden. Im Fell der Tiere können die Eier der Würmer haften, die dann über den Mund in den kindlichen Organismus gelangen und zu gefährlichen Erkrankungen führen können. Wenn Ihre Kinder doch einen Hund oder eine Katze streicheln, ermahnen Sie sie nachher zum gründlichen Händewaschen.

Schutz vor Stechmücken

Der Schutz vor Stechmücken ist in tropischen Ländern besonders wichtig, weil Insekten dort gefährliche Krankheiten übertragen können, wie z. B. die Malaria. Doch auch in südeuropäischen Gegenden sind Mücken lästig. Auch in Kanada, Skandinavien und Schottland entwickeln sich winzig kleine Stechmücken in den Sommermonaten zu einer wahren Plage.

Besonders abends beim Sitzen auf der Terrasse oder am Lagerfeuer können Mücken sehr lästig werden. Ausgesprochen zahlreich sind Mücken in der Nähe stehender Gewässer. Dort sollte man auf keinen Fall sein Zelt aufstellen. Unternehmen Sie auch abendliche Spaziergänge am Wasser nicht, ohne sich entsprechend gegen Stiche geschützt zu haben. In Malariagebieten sollten Sie kein Risiko eingehen und abendliche Spaziergänge besser ganz unterlassen.

Leichte, helle und langärmelige Baumwollkleidung, die möglichst viel Haut bedeckt, schützt gegen Mückenstiche. Tragen Sie zusätzlich Mittel (z. B. Autan, Zedan) gegen Insekten auf. Aber Vorsicht! Sie enthalten chemische Substanzen, die die Schleimhaut reizen können. Für

Säuglinge und Kleinkinder sind nicht alle Mittel geeignet. Es gibt besser verträgliche Substanzen auf Naturbasis wie z.B. Zedernöl (vgl. Seite 58). Leider bieten sie keinen hundertprozentigen Schutz.

■ Repellents und Fliegengitter

Für Innenräume gibt es Insektenvernichtungsmittel, die mit Hilfe des elektrischen Stroms im Raum verteilt werden. Auf eine längere Anwendung (z.B. die ganze Nacht) dieser Stoffe auf chemischer Basis sollten Sie jedoch verzichten, solange Ihre Kinder noch klein sind. Sie können aber vor dem Schlafengehen bei geschlossenem Fenster den Stecker etwa eine Stunde einstecken. Anschließend lüften Sie gut durch und machen dabei kein Licht an. Diese Maßnahme hält zumindest im Mittelmeerraum die Mücken meist fern. Die im Raum befindlichen Mücken sind vernichtet, und es finden sich in der Nacht nur selten neue ein.

Wenn Sie bei geöffnetem Fenster schlafen wollen, empfiehlt sich zusätzlich noch ein Fliegengitter am Fenster. Dieser feinmaschige Stoff ist leicht zu transportieren und läßt sich mit Heftstreifen oder Heftzwecken leicht am Fensterrahmen befestigen.

■ Moskitonetze

In skandinavischen Ländern sowie in den Tropen sind Moskitonetze zu empfehlen. Sie benötigen für jedes Bett ein separates Netz – auch für den Kinderwagen! Falls Moskitonetze bereits in Ihrem Hotelzimmer vorhanden sind, prüfen Sie, ob die Netze auch nicht beschädigt sind. Wenn Sie selbst Netze mitnehmen, besorgen Sie sich leichte Netze aus Kunststoff. Diese Netze sollten in den Tropen eine Maschengröße von 1,2 x 1,2 mm haben. Damit haben Moskitos keine Einschlupfchance, aber es kann gleichzeitig noch genügend Luft zirkulieren. Gegen die Winzlinge im Norden brauchen Sie eine Ma-

schengröße von 0,6 x 0,6 mm. Zusätzlichen Schutz bietet eine Imprägnierung. Dabei wird das Netz in eine Lösung aus Permethrinkonzentrat (1 %) und Wasser eingelegt und anschließend an der Luft getrocknet. Die Schutzwirkung hält 6 Monate. Permethrin gibt es in der Apotheke.

Schutz vor Zeckenbissen

Kinder stromern gerne durch den Wald. Dabei können sie leicht von Zecken gebissen werden, die sich von Ästen und Blättern herabfallen lassen, um sich festzubeißen. Zecken können Erreger übertragen, die gefährlichen FSME-Viren und die häufigeren Borreliose-Bakterien (vgl. Seite 62 ff.). Daher sollten Ihre Kinder in Epedemiegebieten beim Spielen im Wald, bei einer Wanderung oder einem Picknick leichte Baumwollkleidung mit langen Ärmeln und Hosenbeinen mit gut schließenden Bündchen an Hand- und Fußgelenk tragen. Auch eine Kopfbedeckung und insektenabweisende Mittel schützen wirksam vor Zecken. Halten Sie nach einem Waldspaziergang beim Duschen oder Waschen vorsichtshalber nach schwarzen Punkten auf der Haut Ihrer Kinder Ausschau. Man kann die Zecke, wenn sie klein ist, leicht mit einem Schmutzkörnchen verwechseln.

Besonders in Hautfalten, am Ohrläppchen, im Nabel und Genitalbereich sowie auf der behaarten Kopfhaut sind Zecken nicht leicht auf den ersten Blick zu finden. Wenn Sie eine Zecke am Körper Ihres Kindes entdecken, träufeln Sie kein Öl, Klebstoff o.ä. darauf. Im Todeskampf „spuckt“ die Zecke noch Erreger in die Haut. Entfernen Sie die Zecke möglichst vollständig, am besten geht das mit einer Zeckenzange, die Sie in der Apotheke kaufen können. Anschließend desinfizieren Sie die Stelle mit Alkohol oder einem Hautdesinfektionsmittel. Ein kleiner roter Punkt an der Bißstelle ist normal.

Beschäftigungsideen für die Ferien

Ob am Strand, auf einer langen Wanderung, abends vor der Nachtruhe oder an regnerischen Urlaubstagen – Kinder möchten spielen, auch mit den Eltern. Draußen sind Ballspiele oder andere Bewegungsspiele geeignet, um Kinder zu begeistern. Am Strand fällt den meisten Kindern schon selbst etwas ein: Sie planschen im Wasser, spielen Fangen, buddeln im Sand. Trotzdem freuen sich gerade kleine Kinder über die gemeinsam mit den Eltern gebaute Sandburg.

■ Überraschungen kommen gut an

Rätsel, Wahrnehmungsspiele und phantasievolle Geschichten (vgl. Seite 47 ff.) lenken müde Geister von langen Wegstrecken ab. Abends oder an Regentagen haben Sie endlich einmal Zeit und Gelegenheit zu gemeinsamen Würfel- oder Brettspielen. Sicher kennen Sie viele Spiele oder haben ihre persönlichen Vorlieben. Wenn Sie zu Hause nicht spielen, gibt es in Spielwarenabteilungen und Spielbüchern zahlreiche lohnenswerte Anregungen. Nehmen Sie doch zur Überraschung ein Spiel mit, das weder Sie noch Ihre Kinder bereits kennen. Auch schlechtes Wetter ist dann schnell vergessen! Vielleicht ist das neue Spiel nach dem Urlaub auch ihr Lieblingsspiel.

■ Im Urlaub ganz neuer Bastelspaß

Fragen Sie Ihre Kinder bereits zu Hause, was sie gerne spielen oder basteln, und nehmen Sie entsprechende Utensilien mit: Würfel und Brettspiele, Malbücher und Puzzles, Spielkarten und Bastelbücher nehmen nicht viel Platz im Gepäck ein. Münzen und Streichhölzer haben Sie oft ohnehin dabei. Mit Malstiften und Papier können sich die meisten Kinder auch gut alleine beschäftigen. Ebenso sind Papier und Stifte für viele

witzige Spiele gut zu gebrauchen. Nehmen Sie auch Klebstoff und Schere mit. In einer fremden Umgebung können Ihre Kinder mit gesammelten Gegenständen plötzlich auf pfiffige Bastelideen kommen oder sogar erfundene Spiele selbst basteln.

Das ist oft einfacher, als man denkt. Aus Pappe läßt sich z. B. ein Würfel beliebiger Größe zusammenkleben und mit Punkten oder verschiedenfarbigen Flächen bemalen. Auch ein Schachspiel kann man auf Pappe malen und als Figuren beispielsweise verschiedene Geldstücke benutzen, z. B. 10-Pfennig-Stücke sind die Bauern, 5-Mark-Stücke die Könige. Dies ist auch eine gute Gelegenheit, sich mit der Währung des Reiselandes vertraut zu machen. Noch reizvoller wird das Spiel für ganz Ehrgeizige, wenn jeder die geschlagenen Figuren des Gegners in barer Münze behalten darf.

■ Spielen heißt erleben

Im Spiel ergibt sich trotz aller Regeln alles mögliche spontan und jedes Spiel verläuft anders. Schon ganz kleinen Kindern macht das Experimentieren mit dem Zufall Spaß. Und spielen soll vor allem Spaß machen. Spielen Sie nie zu lange, auch wenn das Spiel spannend ist, soll es Ihre Kinder weder ermüden noch überfordern. Zu schwierige Spiele machen den meisten Kindern keinen Spaß. Akzeptieren Sie das. Ist Ihr Kind ein besserer Verlierer als Sie? Denkt es sich clevere Strategien aus? Mißt es seine Fähigkeiten gerne mit anderen? Ob Sie Ihre Kinder entweder nur beim Spielen beobachten oder auch viele gemeinsame Spielerlebnisse teilen, Sie werden Ihnen im Spiel näherkommen und mehr über ihre Persönlichkeit erfahren als auf anderen Wegen.

■ Auch Säuglinge lieben Improvisiertes

Auch ganz kleine Kinder langweilen sich bereits. Sie brauchen Zuwendung und möchten beschäftigt werden.

Anfassen, singen und sprechen erfreut sie. Sprechen Sie den Hör-, Seh- und Tastsinn kleiner Babys an. Wiederholen Sie dieselben Bewegungen und Gesten z.B. zu einem immer wieder aufgesagten Kindervers. So prägt sich das „Spiel" ritualhaft ins Gedächtnis des Kindes ein, erheitert und beruhigt es. Fingerspiele regen Kleinkinder an, selbst Finger und Hände zu bewegen und allmählich Kraft beim Ziehen und Zufassen zu entwickeln. Mit der Zeit lernen Babys dann auf diese spielerische Weise auch Farben, Laute, Silben und Zahlen zu unterscheiden.

Handpuppen bereiten ganz kleinen Kindern viel Freude und lenken Sie auch schnell wieder ab, wenn Sie anfangen zu weinen. Gekaufte Handpuppen oder Kasper sind meist weniger witzig und beweglich als improvisierte. Ziehen Sie sich z.B. einen Haushaltshandschuh, Papier, ein Stück Tuch oder Folie über die Hand, und malen Sie das Gesicht auf. Knisternde Folie oder Papier weckt meist das Interesse ganz kleiner Kinder. Falls Sie mit mehreren Kindern Urlaub machen: Spielzeug ähnlicher Art können größere Kinder auch für kleinere basteln. Das motiviert.

Zehn Spielideen für groß und klein:

■ Bewegungsspiel für den Strand

Für dieses Spiel füllt jeder Mitspieler eine leere Flasche mit Wasser. Aus einer Entfernung von etwa 7 m wird dann abwechselnd mit einem Ball auf die Flaschen der Gegner geworfen. Fällt eine Flasche um, muß der „Besitzer" versuchen, sie so schnell wie möglich wieder aufzustellen. Ist dann kein Wasser mehr in der Flasche, hat er verloren.

■ Spiel im Wasser

Mehrere Kinder fassen sich an den Händen und laufen im hüfttiefen Wasser im Kreis. Jedes Kind muß einen

kurzen Satz bilden mit einem vorher vereinbarten Wort, z. B. rot. Fällt dieses Wort, wird die Bewegungsrichtung und die Reihenfolge gewechselt. Je nach Geschwindigkeit ist es gar nicht so leicht, gegen die selbst erzeugte Strömung zu gehen. Wer vergißt, daß er dran ist, scheidet aus.

■ Fangspiel zum Austoben

Dieses Spiel macht zu mehreren Kindern auf einer Wiese oder am Strand viel Spaß. Einer ist der „Fänger". Alle laufen um ihn herum und versuchen ihn zu berühren. Dabei werden dem Fänger alle möglichen Fragen gestellt: Wie heißt du? Hast du Hunger? Wie alt bist du? Wen magst du? Was den Spielern eben so einfällt. Wenn der Fänger mit einem vorher vereinbarten Wort wie z. B. Tierfriedhof antwortet, müssen alle weglaufen. Wen der Fänger dann berührt, der ist gefangen und muß stehenbleiben. Wenn ein Mitspieler durch seine gegrätschten Beine kriecht, ist er aus der Erstarrung erlöst und darf wieder weglaufen. Das Spiel ist nie zu Ende, außer wenn alle stehen.

■ Gemalte Gegenstände raten

Am Strand mit den Fingern oder einem Stock in den Sand gemalte oder mit einem Stift auf ein Blatt Papier gezeichnete Dinge, Pflanzen oder Tiere müssen von den Mitspielern erraten werden.

■ Gemeinschaftliches Zeichnen

Ein großes Blatt Papier wird von oben nach unten in etwa gleich große Abschnitte gefaltet und von verschiedenen Kindern oder Familienmitgliedern bemalt. Jeder muß die angefangene Zeichnung seines Vorgängers ergänzen. Wenn das Blatt am Ende auseinandergefaltet wird, sind meist witzige Gemeinschaftsproduktionen entstanden.

■ Zahlenspiel mit Papier und Buntstiften

Auf ein Blatt Papier werden die Ziffern von 1 bis 30 willkürlich verteilt und eingekreist. Das Spiel wird zu zweit gespielt. Jeder hat abwechselnd zwei Striche, mit denen er die Zahlen der Reihenfolge nach verbinden soll. Es geht darum, daß sich zwei Linien weder berühren noch kreuzen dürfen. Das kann manchmal ganz schön knifflig werden. Die entstandenen Flächen zwischen den Mustern darf der Sieger nach dem Spiel farbig malen. Dabei kommen schöne bunte Muster zustande. Bei insgesamt fünf oder zehn Spielen hat derjenige gewonnen, der die meisten Muster vorzeigen kann.

■ Einfaches Würfelspiel mit Münzen

Jeder Spieler legt 21 Münzen in Form eines Dreiecks vor sich auf den Tisch. Die gewürfelte Zahl sollte in der Waagerechten oder Diagonalen der Anzahl der Münzen entsprechen, die eine Linie bilden. Ist das der Fall, darf der Spieler die Münzenreihe wegnehmen, ansonsten ist der nächste dran. Gewinner ist, wer als erstes keine Münze mehr vor sich liegen hat.

■ Einfaches Würfelspiel mit Streichhölzern

Wer die höchste Zahl gewürfelt hat, ist der „Krösus" und schreibt den anderen Spielern vor, welche Zahl sie würfeln müssen. Schaffen Sie es nicht, müssen Sie ein Streichholz an den „Krösus" zahlen. Würfeln Sie die verlangte Zahl, dürfen sie noch mal würfeln und bekommen Streichhölzer in Höhe der gewürfelten Ziffer. Wer eine 6 würfelt, muß nichts bezahlen und wird „Krösus". Sieger ist, wer als erster die vereinbarte Anzahl Streichhölzer in seinen Besitz gebracht hat.

■ Suchspiel für Wanderungen

Vor der Wanderung werden an jeden Mitspieler zehn Karten mit Buchstaben aus dem Alphabet verteilt. Jeder

muß dann versuchen so viele Gegenstände wie möglich mit dem entsprechenden Anfangsbuchstaben zu finden. Was man nicht mitnehmen kann, wird als Gesehen auf der Karte notiert. Wer am Schluß am meisten gefunden hat, ist der Sieger. Alle müssen versuchen, ihre Entdeckungen so lange wie möglich geheimzuhalten. Das Spiel kann beliebig abgewandelt werden. Sie können z.B. alle 15 Minuten einen Buchstaben aufrufen, die Ergebnisse abfragen und besonders erfolgreiche Spieler mit einem Getränk oder einer Süßigkeit belohnen.

■ Urlaubsmemory selbst basteln

Memorykartensets bestehen aus zwei jeweils gleichen oder sehr ähnlichen Karten. Es können zwischen zwei und sechs Personen mitspielen: Die Karten werden mit dem Bild nach unten auf den Tisch gelegt. Reihum darf jeder jeweils zwei aufdecken. Das Spiel ist zu Ende, wenn es keine verdeckten Karten mehr gibt. Gewonnen hat, wer die meisten Kartenpaare hat. Im Urlaub können Sie mit Ihren Kindern das Kartenset gemeinsam selbst basteln.

Schneiden Sie gleich große Stücke aus einer Pappe, die Ihre Kinder z.B. mit Fotos aus Illustrierten bekleben, mit Motiven aus der Umgebung bemalen oder mit Wörtern der Landessprache beschriften. Sie können auch auf Wanderungen Blätter, Muscheln, Kastanien, Federn, kleine Steine, Sand oder andere Gegenstände sammeln und das Memory daraus basteln. Sie können statt flacher Karten auch leere Streichholzschachteln verwenden, unter denen Sie kleine Dinge verstecken. Besondere Freude können dabei auch kleine Stückchen Obst oder Schokolade bereiten. Ein besonders attraktives selbstgebasteltes Memory, z.B. aus den Urlaubsfotos können Ihre Kinder auch dem Großvater zum nächsten Geburtstag schenken.

Wenn Kinder im Urlaub krank werden

Zu Fieber, Durchfall und Erkältungen, zu Verletzungen oder Hautausschlägen kann es auch im Urlaub kommen. Keine Panik: Die richtige Behandlung und viel Ruhe lassen Ihr Kind meist genauso schnell wieder genesen wie zu Hause. Tropenreisen sind für Kinder jedoch immer ein höheres Gesundheitsrisiko.

Am häufigsten bekommen Kinder im Urlaub Krankheiten, die Eltern auch ohne ärztliche Hilfe selbst kurieren können. Im Zweifelsfall empfiehlt es sich jedoch immer, einen Arzt zu holen! Erkundigen Sie sich bereits von zu Hause aus oder spätestens nach der Ankunft am Urlaubsort, wo ein Arzt zu erreichen ist. Ansprechpartner kann Ihre Fluggesellschaft sein. So steht in allen Flughäfen der Lufthansa ein Lufthansavertragsarzt zur Verfügung, der meist deutsch, immer aber zumindest englisch spricht. Die Verständigung mit dem Kinderarzt ist in den meisten Ländern in englischer oder französischer Sprache möglich. In vielen Ländern und Touristenzentren sprechen die Ärzte auch deutsch. Sinnvoll ist es, ein Wörterbuch in der Landessprache mitzunehmen.

Nicht nur die Sprache, auch das Gesundheitssystem unterscheidet sich von Land zu Land. Vergleichsweise unkompliziert gestaltet sich die ärztliche und medizinische Versorgung für Urlauber in europäischen Ländern, vor allem in EU-Mitgliedsstaaten. Ein Auslandskrankenschein und/oder Ihre Chipkarte reichen aus. Für die ärztliche Behandlung müssen Sie meist nicht bezahlen. Es kann jedoch sein, daß Sie die Medikamente zunächst

bezahlen müssen. Sie werden dann später von Ihrer Krankenkasse erstattet, wenn Sie die Belege vorlegen. In Zweifelsfällen erkundigen Sie sich bereits vor der Reise bei Ihrer Krankenkasse, ob bei einem Arztbesuch an Ihrem Urlaubsziel Besonderheiten zu beachten sind.

Mit einer gut ausgerüsteten Reiseapotheke sind Sie für die Selbsthilfe im Notfall gut vorbereitet. Meist können Sie sich am Urlaubsort dann den Gang in die Apotheke zunächst sparen, wenn Ihr Kind an einer banalen Virusinfektion erkrankt. Natürlich kann man nicht gegen alle möglichen Krankheiten das entsprechende Medikament mitnehmen und bei schwerwiegenden Symptomen oder Schmerzen müssen Sie dann auf jeden Fall den Arzt aufsuchen. Vorsicht: In vielen Ländern werden in Apotheken hochwirksame Medikamente auch ohne ärztliches Rezept verkauft. Im Zweifel ist es daher sinnvoller, ärztlichen Rat einzuholen, bevor man sein Kind selbst medikamentös behandelt. Eventuell sollte man seinen Kinderarzt zu Hause anrufen und ihm die Inhaltsstoffe nennen.

Ein Arztbesuch im Urlaub ist erforderlich,

- bei deutlicher Beeinträchtigung des Allgemeinbefindens,
- bei Schmerzen und Zuständen, die sich mit einfachen Mitteln nicht behandeln lassen,
- bei kontinuierlich hohem Fieber, das nicht auf Medikamente anspricht,
- bei Hautblutungen,
- bei Atemnot,
- bei unstillbarem oder auch galligem Erbrechen,
- bei schweren und langandauernden Durchfällen,
- bei Krampfanfällen oder Bewußtseinstrübung,
- bei anhaltenden, plötzlich heftigen und schweren Bauchschmerzen,
- bei Entzündungen im Bereich der Gelenke,

- bei schlecht heilenden Wunden,
- bei mangelnder Gewichtszunahme oder Gewichtsverlust bei Säuglingen und Kleinkindern,
- bei Nahrungs- und Flüssigkeitsverweigerung.

Wenn Sie oder Ihre Kinder im Urlaub ernsthaft erkrankt sind und ein Arztbesuch notwendig war, ist eine Nachuntersuchung durch Ihren Haus- bzw. Kinderarzt sinnvoll. Unumgänglich ist eine Nachuntersuchung bei einem Tropenarzt nach Infektionskrankheiten oder Verdacht auf tropische Krankheiten (vgl. Seite 113, 114).

Erst Symptome beobachten, dann handeln

Viele Krankheitserscheinungen im Urlaub sind auf plötzliche Veränderungen von Klima, Ernährung und Umgebung zurückzuführen. Werden Kinder krank, so gilt es, alle Krankheitszeichen kontinuierlich zu erfassen (Temperaturerhöhung, Hautausschlag, Durchfall, Appetitlosigkeit, Lichtscheu usw.).

Krankheiten wie Malaria oder Hirnhautentzündung sind auch in Urlaubsländern eher selten, müssen wegen ihrer Schwere aber frühzeitig erkannt werden, damit Komplikationen und Todesfälle verhindert werden können. Denken Sie immer an die Möglichkeit, daß Fieber oder Durchfälle und andere zunächst leichtere gesundheitliche Beeinträchtigungen eine ernstere Erkrankung ankündigen können.

■ Fieber

Sorgen Sie bei Fieber dafür, daß Ihr Kind viel Flüssigkeit zu sich nimmt. Der Organismus braucht seine Zeit, um Infektionen zu bekämpfen. Zwingen Sie Ihr Kind nicht zum Essen! Ein kranker Körper will nicht auch noch viel verdauen müssen. In Malariagebieten sollten Sie jedes Fieber ernst nehmen und sofort einen Arzt benachrichtigen.

Kinder, die zu Fieberkrämpfen neigen, sollten nicht über 38,5 °C fiebern, da sonst ein erneuter Krampf ausgelöst werden kann. Als fiebersenkendes Mittel ist Paracetamol im Kindesalter das Mittel der ersten Wahl. Das Medikament gibt es in Zäpfchenform, als Saft und als Tabletten. Andere Maßnahmen wie Waden- oder Bauchwickel helfen gegen Fieber, am besten in Kombination mit Paracetamol. Bitte benutzen Sie für die Wickel kein eiskaltes, sondern immer nur zimmerwarmes Wasser.

Dosierung von Paracetamol

Alter des Kindes	Menge
0 – 1 Jahr	bis zu 4 x 125 mg/max. 500 mg/Tag
1 – 3 Jahre	bis zu 3 x 250 mg/max. 750 mg/Tag
3 – 6 Jahre	bis zu 4 x 250 mg/max. 1 g/Tag
6 – 9 Jahre	bis zu 3 x 500 mg/max. 1,5 g/Tag
9 – 12 Jahre	bis zu 4 x 500 mg/max. 2 g/Tag
Jugendliche	bis zu 4 x 500 mg/1g/Tag

■ Montezumas Rache: Erbrechen und Durchfall

Fast jeden Touristen erwischt auf Reisen irgendwann „Montezumas Rache“: Übelkeit, Erbrechen und Durchfall. Besonders Kinder sind sehr anfällig. Sehr zu schaffen macht erkrankten Kindern der Flüssigkeitsverlust. Ihr Körper trocknet leichter aus als der eines Erwachsenen und dementsprechend reichlich sollten Kinder trinken. Erbrechen hat aber auch seinen Sinn: Der Magen wird damit los, was ihm nicht bekommt!

Wenn der Brechreiz unstillbar scheint und Ihre Kinder auch Tee nicht mehr im Magen behalten, müssen Sie etwas unternehmen. Zum Stillen des Brechreizes sind die Medikamente geeignet, die Sie gegen die Reisekrankheit hoffentlich mitgenommen haben. Ganz wichtig ist der Ersatz von verlorener Flüssigkeit und von

Mineralien. Ihr Kind sollte in den ersten vier bis acht Stunden ca. 50–100 ml/kg Körpergewicht einer Tee/Elektrolytmischung (siehe Reiseapotheke) zu sich nehmen. Wenn das Erbrechen vorbei ist, können sie mit dem langsamen Nahrungsaufbau wieder beginnen: Brühe, Toastbrot, Kartoffelbrei, Reisschleim sind dann vorerst am besten bekömmlich. Bei schlechtem Allgemeinzustand und wiederholtem Erbrechen sollten Sie unbedingt den Arzt aufsuchen.

■ Keine „Stopper" gegen Durchfall

Durchfall stellt sich meist von selbst ein. Bei Kindern sollten Sie auf keinen Fall Medikamente benutzen, die den Durchfall „stoppen". Die Krankheitserreger werden dann nicht ausgeschieden. Die Darmwände von Kindern sind noch sehr empfindlich und im Darm verbleibende Giftstoffe können in den Organismus eindringen. Neben einer fettarmen Heildiät oder spezieller Heilnahrung für Säuglinge und Kleinkinder können Heilerde- und Apfelpektinpräparate gegeben werden. Für Säuglinge ist Muttermilch auch bei Durchfall die beste Nahrung. Wenn Ihr Baby Durchfall hat, sollten Sie es häufiger anlegen, da es mehr Flüssigkeit braucht. Zusätzlich können Sie Fencheltee füttern. Muttermilchstühle sind grundsätzlich dünner als der Stuhl eines nichtgestillten Kindes. Das können junge Mütter leicht einmal mit Durchfall verwechseln. Aber ein gesundes, vollgestilltes Baby kann bis zu zehn Stühle/Tag oder auch nur einen Stuhl alle paar Tage absetzen. Beides ist völlig normal! Gesunder Muttermilchstuhl stinkt nicht, ist gelblich, leicht körnig und sieht aus wie gefärbter „Hüttenkäse". Achten sie daher auf Farbe, Geruch, Schleim- und Blutbeimengungen des Stuhls und den Allgemeinzustand Ihres Babys.

Durchfälle, die nach dem Urlaub nicht verschwinden oder die unmittelbar nach einem Urlaub beginnen,

müssen vom Arzt abgeklärt werden. Besonders, wenn der Stuhl blutig oder schleimig ist, müssen Sie an eine Salmonelleninfektion denken.

■ Salmonellosen

Salmonellen sind Bakterien, die sich vor allem in verunreinigter Nahrung und in Ausscheidungen Infizierter befinden. Sie kommen auch in unseren Breiten relativ häufig als Durchfallerreger in Frage und lösen heftige Durchfälle mit Blut- und Schleimbeimengungen aus. Vor allem Kinder bekommen oft hohes Fieber und können an einer Salmonelleninfektion schwer erkranken. Der Flüssigkeitsverlust kann so erheblich sein, daß ein Krankenhausaufenthalt notwendig wird. Nicht selten treten erste Symptome erst nach Ihrer Rückkehr aus dem Urlaub auf. Erkrankt Ihr Kind ein bis zwei Wochen nach dem Ferienaufenthalt an einem Magen-Darm-Infekt, sollten Sie auf jeden Fall Ihren Arzt aufsuchen. Salmonellen können durch eine Stuhlprobe nachgewiesen werden. Dies ist aber nur sinnvoll, wenn der Verdacht besteht, daß sich die Bakterien über den Darm hinaus ausgebreitet haben (z. B. bei „invasiver Salmonellose" oder bei Typhus). In diesen Fällen ist eine Krankenhausbehandlung und die Gabe von Antibiotika zwingend notwendig. Ansonsten heilen Salmonellosen meist spontan und ohne Komplikationen aus – vorausgesetzt, der Flüssigkeitsverlust war nicht zu groß.

Salmonellen können im Stuhl von bis zu rund 10 % aller gesunden Menschen nachgewiesen werden. Daher dürfen asymptomatische Kindergarten- und auch Schulkinder mit Salmonellen im Darm Gemeinschaftseinrichtungen durchaus besuchen – vorausgesetzt, daß sie sich nach dem Besuch der Toilette die Hände waschen. Die einzige relevante Ansteckungsquelle für Salmonellen sind nämlich Nahrungsmittel (Geflügel!), nur ganz ausnahmsweise einmal andere Menschen.

Reisekrankheit

Beim Autofahren wird vielen Kindern schlecht, beim Fliegen schwindelig und die Seekrankheit stellt sich auf der Fähre ein. Grund für die Reiseübelkeit: Der Gleichgewichtssinn im Innenohr ist durcheinandergeraten, weil der menschliche Körper sich nicht so schnell an Geschwindigkeitsveränderungen anpassen kann. Wenn Ihr Kind auf Reisen zu Übelkeit neigt, sollten Sie vorbeugen. Sie können Ihren Kindern ein Mittel gegen Reisekrankheit verabreichen – als Zäpfchen, Saft oder Tabletten. Größere Kinder (ab sechs Jahre) können auch einen Kaugummi gegen Übelkeit kauen. Das Medikament sollte etwa eine Stunde vor der Abfahrt eingenommen werden, ggf. nach etwa vier Stunden nochmals. Sie sollten im Auto kein Buch anschauen, sondern lieber nach draußen sehen. Auch Ablenkung hilft.

Verstopfung

Auch bei Kindern kann es manchmal zu Problemen mit zu festem Stuhl kommen. Verursacht wird Verstopfung, wenn der Körper durch Anpassungsstörungen auf das ungewohnte Essen reagiert. Ihr Kind sollte möglichst wenig Milch, sondern eher verdünnte Säfte trinken. Hilfreich ist auch morgens vor dem Frühstück ein Glas lauwarmes Wasser, wenn ihr Kind das mag! Wenn Sie zu Medikamenten greifen möchten: Glycerinzäpfchen wirken bei akuter Verstopfung mit Bauchschmerzen schnell entleerend und lindernd. Darüber hinaus können Sie Ihrem Kind einige Tage lang Milchzucker in den Tee geben. Dann verschwindet die Verstopfung meist recht schnell.

Wunde Haut unter der Windel?

Kaum ein Baby hat nicht manchmal einen wunden Po. Dazu kommt es besonders, wenn keine Wickelmöglichkeit vorhanden ist und das Kind somit länger als ge-

wohnt in der feuchten Windel bleibt. Ungewohnte Windeln oder anderes Wasser können die Haut ebenfalls reizen. Gerade im Sommer können Sie eine Windeldermatitis in der Regel gut kurieren.

Lassen Sie Ihr Kind häufig windelfrei strampeln. Wechseln Sie die Windeln oft. Legen Sie sie nicht zu stramm an, damit kein Wärmestau entsteht. Zur Entfernung des Stuhls von der Haut des Babys ist reichlich klares Wasser am besten geeignet. Benutzen Sie nur sehr wenig Wundschutzcreme, sonst dichten Sie die Saugporen der Windeln ab, und das Baby liegt naß. Pudern Sie gelegentlich den Po leicht mit Babypuder, um Nässe aufzusaugen.

Wenn sich am wunden Po entzündete, offene, blutende oder bläschenartige Stellen entwickeln, können das Anzeichen eines Windelsoors sein. Sehen Sie außerdem auf der Mundschleimhaut weißliche Beläge, so hat Ihr Kind auch einen Mundsoor. Sie sollten dann einen Arzt aufsuchen, damit der Pilz gezielt behandelt wird. Auch wenn keine Beläge mehr auf der Haut und Schleimhaut zu sehen sind, dürfen Sie die Behandlung nicht sofort abbrechen, denn der Pilz steckt tiefer in der Haut (Behandlungsdauer meist 14 Tage).

Gefahren durch Sonne oder Verletzungen

Sie als Eltern sollten wissen, wie Sie bei Erkrankungen und kleineren Unfällen richtig reagieren können, die Kindern im Urlaub recht häufig passieren. Wenn Ihr Kind z.B. trotz allen Sonnenschutzes einen Sonnenbrand bekommt, ist Kühlung die wichtigste Maßnahme. Dazu nehmen Sie am besten ein kühlendes Gel oder eine Flüssigkeit, die Gerbstoffe enthält. Anschließend fördert eine panthenolhaltige Lotion den Heilungsprozeß der Haut. In den nächsten Tagen sollten die betroffenen Stellen bedeckt bleiben und keinesfalls wieder der Sonne ausgesetzt werden. Beim Planschen im Wasser behält das Kind dann besser T-Shirt und Hose an. Ob Krankheit, Schmerzen oder Notfall – versuchen Sie in allen Situationen ruhig zu bleiben. Sie beruhigen damit auch Ihr Kind und nehmen ihm die Angst oder mindern sie wenigstens. Sie können planvoll handeln und nur dadurch helfen Sie gezielt!

■ Sonnenallergie

Obwohl es heute gerade für Kinder viele spezielle Sonnenschutzprodukte gibt, die allergiegetestet sind, kann es z.B. durch wasserfeste Substanzen und/oder zu fette Präparate doch zu einer allergischen Reaktion auf der Haut kommen. Sie äußert sich durch stark juckende kleine Bläschen und Rötungen. Kühlen Sie die betroffenen Stellen. Das Auftragen von Puder bringt ebenfalls Linderung. Zeigt Ihr Kind allergische Reaktionen, dann wechseln Sie das Sonnenschutzmittel sofort. Benutzen Sie in solchen Fällen eher eine Milch oder ein fettfreies Gel.

■ Sonnenstich, Hitzschlag

Wenn Ihr Kind zu lange und/oder ohne Kopfbedeckung in der Sonne gespielt hat, kann es zu einem Sonnenstich oder Hitzschlag kommen. Die Symptome sind leicht zu erkennen: Ihr Kind hat einen hochroten Kopf, ist benommen, klagt über Schwindel und Kopfschmerzen und fiebert. Dabei sind Arme und Beine eher kühl. Der Kreislauf ist sozusagen „zentralisiert“. Sobald Sie solche Symptome feststellen, darf ihr Kind sich nur noch im Schatten aufhalten. Geben Sie ihm kühle, aber nicht eiskalte Flüssigkeit zu trinken; kühlen Sie den Kopf mit einem feuchten Handtuch, und benachrichtigen Sie einen Arzt. Ihr Kind wird sich rasch wieder erholen, in den folgenden Tagen vielleicht aber noch über Kopfschmerzen klagen. Es sollte nie ohne Kopfbedeckung in die Sonne gehen!

■ Seeigelstacheln und Quallengifte

Seeigelstacheln müssen Sie sofort entfernen, am besten direkt im Meerwasser. Salzhaltiges Wasser hat desinfizierende Wirkung. Kontakte mit Feuerquallen sind äußerst unangenehm, jucken und tun sehr weh. Waschen Sie die betroffenen Körperstellen, meistens sind es ja die Beine, mit Meerwasser ab. Kühlen Sie sie anschließend mit essigsaurer Tonerde oder stark verdünntem Essigwasser. Juckreizstillende Gels können danach aufgetragen werden. Bei starken Schwellungen sind kühlende Umschläge zu empfehlen. Sollte Ihr Kind Fieber entwickeln, was durchaus bei kleinen Kindern nach Kontakt mit einer Feuerqualle vorkommt, dann holen Sie einen Arzt.

■ Insektenstiche

Juckende Mückenstiche sollten möglichst nicht aufgekratzt werden, da sich sonst Entzündungen einstellen können. Meist fällt es Kindern noch schwerer als Erwachsenen, nicht zu kratzen. Deshalb sollten sie auf Mückenstiche gleich ein juckreizstillendes Gel auftragen. Es gibt auch sehr praktische juckreizstillende Stifte, die in die kleinste Tasche passen und sehr gut helfen.

Bei Wespen- und Bienenstichen muß der Stachel entfernt werden. Kühlen Sie danach die Einstichstelle mit Eiswürfeln, tragen sie anschließend ein kühlendes Gel auf. Nach Wespen- oder Bienenstichen entwickeln sich oftmals starke Schwellungen, besonders im Gelenkbereich. Lagern Sie die entsprechenden Gliedmaßen hoch, und machen sie kühlende Umschläge, z.B. mit essigsaurer Tonerde. Eine halb durchgeschnittene Zwiebel, mit der Schnittstelle aufgelegt, wirkt entzündungshemmend und juckreizstillend.

■ Verbrennungen, Verbrühungen

Diese Verletzungen zählen zu den häufigsten im Kindesalter. Lassen Sie deshalb Ihr Kind auch in den Ferien nie unbeaufsichtigt vor offenem Feuer oder Holzkohlegrills. Passen Sie ebenso in der Küche auf, wenn der Herd eingeschaltet ist. Auch ein Bügeleisen ist heiß und kann schwere Verletzungen mit Narbenbildung verursachen. Klären Sie Ihr Kind frühzeitig über die Gefahren des Feuers und heißer Flüssigkeiten auf.

Im Falle einer Verbrühung oder Verbrennung ist Kühlung die wichtigste Maßnahme. Lassen Sie 15 – 20 Minuten kaltes Wasser auf die betroffene Stelle laufen, stellen Sie notfalls das ganze Kind mitsamt der Kleidung unter die kalte Dusche. Das Kühlen verhindert ein „Nachbrennen" in tiefere Hautschichten und lindert den Schmerz. Verwenden Sie keine Salben, Gels, Quark, Tomaten, Mehl oder ähnliche Hausmittel. Sie sind nicht geeignet!

Jede Wunde, die größer als ein Fünfmarkstück ist, sollte einem Arzt gezeigt werden. Vor der Fahrt dorthin decken Sie sie möglichst steril ab – am besten mit einem gebügelten Tuch. Stechen Sie keinesfalls Blasen auf. Die geschlossene Haut ist zunächst die beste Wundabdeckung. Bei großflächigen Verbrühungen oder Verbrennungen holen Sie den Notarzt, der Ihr Kind versorgt bzw. in eine Klinik bringt.

■ Schürf- und Schnittwunden

Welches Kind verletzt sich nicht? Schürfwunden gehören auch zu Hause fast zur Tagesordnung. Vor dem Urlaub sollten Sie nochmals den Tetanusschutz Ihres Kindes überprüfen. Alle Wunden, die verschmutzt sind, müssen gereinigt werden. Dies können Sie unter fließendem Wasser (Achten Sie dabei jedoch auf die Wasserqualität!), mit essigsaurer Tonerde oder „Superwasser" (H_2O_2) durchführen. Mechanisch entfernen Sie Steinchen oder Scherben mit der Pinzette. Anschließend tragen sie ein Hautdesinfektionsmittel auf. Wunden, die oberflächlich sind, heilen am besten an der Luft. Wenn

nötig, verwenden Sie luftdurchlässige Pflaster. Tiefe Schnittwunden müssen vielleicht genäht oder geklebt werden. Dazu sollten sie den Arzt oder das nächste Krankenhaus aufsuchen.

Schnittwunden müssen innerhalb von sechs Stunden versorgt werden. Andernfalls ist mit einer sauberen Heilung nicht zu rechnen. Bißwunden dürfen nicht verschlossen werden, weil sich unter Luftabschluß gefährliche Infektionen bilden können. Suchen Sie am besten einen Arzt auf, wenn eine Wunde tief und verschmutzt ist oder ein Tier gekratzt oder gebissen hat. Auf dem Weg zum Arzt decken Sie die Wunde entweder mit einem sterilen Tupfer aus dem Verbandskasten oder einem luftdurchlässigen Pflaster ab.

Bei stark blutenden Wunden verwenden Sie zum Abdecken eine ganze ausgepackte Mullbinde und wickeln eine andere Binde unter Druck darum. Spritzt das Blut regelrecht aus der Wunde, so ist eine Arterie verletzt, und das Kind verliert viel Blut. Das kann z. B. passieren, wenn Ihr Kind eine Glastür übersieht und hineinfällt. Suchen sie dann herzwärts von der Wunde den Puls auf und binden die Ader ab. Dazu verwenden Sie einen Gürtel oder ein Tuch, das nicht schmaler als 3 cm sein sollte, weil sonst die Haut zu sehr eingeschnürt wird. Bringen Sie den Patienten so schnell wie möglich in das nächste Krankenhaus! Die Abbindung muß alle 20 Minuten gelockert werden, wenn in dieser Zeit noch immer kein Arzt zu erreichen ist.

■ Prellungen und Stürze

Prellungen der Gliedmaßen tun zwar ziemlich weh, heilen aber in der Regel von alleine wieder. Lindernd wirkt ein kühlendes Gel oder eine abschwellende Salbe. Wenn der Knöchel anschwillt, so sollten Sie eine elastische Binde anwickeln, um dem Fuß Stabilität zu geben. Wenn Ihr Kind nach einem Sturz bewußtlos ist oder bei einem Verkehrsunfall verletzt wird, ist natürlich der sofortige Klinikbesuch nötig. Stößt sich Ihr Kind mit dem Kopf oder fällt es auf den Kopf, so deuten kurze Bewußtlosigkeit, Übelkeit und Erbrechen sowie Kopfschmerzen auf eine Gehirnerschütterung hin. Ist das Kind zunächst ohne Beschwerden wird dann aber zunehmend müde, so kann dies das erste Zeichen einer Blutung im Schädel sein. Solche Blutungen können nach einem beschwerdefreien Intervall ganz plötzlich, aber auch langsam über Tage, ja Monate hinweg auftreten. Weite oder gar seitendifferente Pupillen sind ein Alarmzeichen, das zu sofortiger Klinikeinweisung führen muß. Es gibt leider nach einer Schädelverletzung keine Möglichkeit vorherzusagen, welches Kind eine Blutung entwickelt, und welches nicht. Die Schwere eines Sturzes oder Schlages auf den Kopf erlaubt keinesfalls eine Vorhersage darüber, ob die Gefahr für eine Blutung besteht oder nicht. Im Zweifel sollte das Kind in einer Klinik oder aber von den Eltern nach Anweisung eines Arztes beobachtet werden.

■ Fremdkörper verschluckt

Meistens gelangen verschluckte Fremdkörper (z. B. Steine, Spielzeugteile u.ä.) auf natürlichem Weg wieder ans Tageslicht. Vorsicht ist allerdings geboten bei Knopfbatterien aus Uhren oder anderen Gegenständen, die zersetzt werden und gefährliche Verätzungen auslösen können. Suchen Sie bei Verdacht unbedingt einen Arzt auf.

Hat Ihr Kind eine Fischgräte verschluckt, so können Sie versuchen, diese mit dem Finger aus dem Rachen zu entfernen. Eine kleine Gräte läßt sich mit Milch herunterspülen. Zur Not müssen Sie die Gräte jedoch durch einen Arzt fachgerecht entfernen lassen.

■ Fremdkörper in Nase und Rachen

Ihr Kind hat sich einen kleinen Stein oder eine Perle in die Nase gesteckt? Versuchen Sie zunächst, ob Sie den

Fremdkörper durch Massage des Nasenflügels nach unten massieren können. Sitzt er zu hoch, so lassen Sie Ihr Kind tief einatmen, halten das freie Nasenloch zu und lassen Ihr Kind die Luft abrupt durch das verstopfte Nasenloch ausstoßen. Meist gelingt es so, den Fremdkörper zu lösen. Andernfalls suchen Sie einen Arzt auf.

Gelangen Fremdkörper in den Rachen-Kehlkopf-Bereich, so können sie akute Atemnot auslösen. Bleiben Sie in solchen Fällen ruhig, damit Sie Ihrem Kind helfen können! Größere Kinder können den Fremdkörper durch heftiges Husten wieder herausbringen. Ansonsten legen Sie Ihr Kind über die Knie mit dem Kopf nach unten, und klopfen Sie mit der Hand auf den Rücken zwischen die Schulterblätter. Holen Sie sofort einen Arzt, wenn diese Maßnahmen nicht helfen! Beruhigen Sie Ihr Kind, und legen Sie es nicht hin!

■ Fremdkörper im Auge

Hat ihr Kind ein Sandkorn oder eine Wimper im Auge, so entfernen Sie den Fremdkörper am besten mit einem Tuch. Dabei ziehen sie die Lider nach oben bzw. nach unten und wischen den Fremdkörper nach außen hin weg. Spülen Sie mit klarem Wasser nach. Bei Verletzungen mit einem spitzen Gegenstand bitte sofort einen Arzt oder das nächste Krankenhaus aufsuchen. Halten Sie ein Taschentuch locker auf das verletzte Auge. Brennende oder gar ätzende Flüssigkeiten, auch Parfum oder Sonnenmilch, die ins Auge geraten sind, sollten Sie immer mit viel klarem Wasser ausspülen! Bei ätzenden Flüssigkeiten bitte immer einen Arzt aufsuchen!

■ Bindehautentzündung

Die Bindehaut schützt den Augapfel vor äußeren Einflüssen. Eine Entzündung kann bei Allergien auftreten oder durch starken Wind sowie durch Chlorwasser im Schwimmbad verursacht werden. Eine Ansteckung mit

Bakterien oder Viren bzw. Fremdkörper im Auge können ebenso zu einer Bindehautentzündung führen. Ein erkranktes Kind reibt sich vermehrt die Augen, weil es etwas im Auge spürt. Dadurch wird die Rötung noch verstärkt. Waschen Sie die Augen mit klarem Wasser aus. Legen Sie anschließend abgekühlte Teebeutel von schwarzem Tee auf die geschlossenen Augenlider. Das beruhigt und lindert die Schwellung. Benutzen Sie bitte keine Kamillelösung zum Ausspülen. Kamille reizt in diesem Fall mehr, als daß sie lindert! Wenn die Augen eitrig verklebt sind, benötigt Ihr Kind möglicherweise antibakterielle Augentropfen (Vorsicht: nur begrenzt haltbar!). Augenerkrankungen müssen immer von einem Arzt diagnostiziert und behandelt werden.

Erkältungskrankheiten im Urlaub

Niemand rechnet damit, während des Urlaubes krank zu werden. Risikofaktoren für akute Erkältungskrankheiten gibt es aber viele, etwa die ungewohnte Klimaanlage, die Zugluft produziert und die Schleimhaut der Atemwege austrocknet, oder die Ansteckungsmöglichkeiten beim Zusammentreffen mit vielen fremden Menschen. Meist sind „banale Viren" Ursache von Schnupfen, Halsschmerzen, leicht erhöhter Körpertemperatur (bis maximal 38,5° C) oder gar Husten. Für derartige Erkältungskrankheiten gibt es keine ursächliche Therapie, man kann lediglich die Symptome lindern. Dies ist für viele die Domäne der Hausmittel wie Tees, Zwiebelwickel usw., die in solchen Fällen gute Dienste leisten. In aller Regel dauert eine Erkältung nicht länger als eine Woche. Gelegentlich können die Zeichen einer Erkältungskrankheit aber auch die Vorboten einer schwerwiegenden Krankheit sein, etwa von Lungenentzündung, Mittelohrentzündung oder Masern, um nur einige zu nennen. Beobachten Sie Ihr Kind mit einer „Erkältungskrankheit" daher sorgfältig und konsultieren Sie

einen Arzt, wenn hohes Fieber (> 38,5°C) oder weitere Krankheitszeichen auftreten.

Schnupfen bei Säuglingen

Schnupfen beeinträchtigt junge Säuglinge ganz besonders. Das Einträufeln physiologischer Kochsalzlösung in die Nase bewirkt eine Erleichterung, weil es die Nasenschleimhäute anfeuchtet. Wenn das Kind sich sehr quält und gar keine Luft mehr durch die Nase bekommt, können Sie zu speziellen abschwellenden Nasentropfen für Säuglinge greifen. Öle und mentholhaltige Nasentropfen sind gegen Schnupfen bei kleinen Kindern nicht geeignet!

Ohrenschmerzen und Husten

Ohrenschmerzen, die bei Start oder Landung eines Flugzeuges auftreten, sind durch einen unzureichenden Druckausgleich im Ohr bedingt. Hier hilft kauen und schlucken. Kinder (und auch Erwachsene) mit einer Erkältungskrankheit (Schnupfen) sollten von vornherein Nasentropfen nehmen.

Klagt Ihr Kind über Ohrenschmerzen, so sollte es von einem Arzt untersucht werden. Es ist zu klären, ob eine Entzündung des äußeren Gehörganges vorliegt (nicht selten im Badeurlaub oder nach Schwimmbadbesuch) oder gar eine Mittelohrentzündung. Im ersten Fall können „Ohrentropfen" helfen, im zweiten Fall führt die Gabe eines Antibiotikums rasch zum Verschwinden der Schmerzen.

„Leichter Husten" – etwa im Rahmen einer Erkältungskrankheit bedarf meist keiner weiteren Maßnahmen. Besteht Husten aber über längere Zeit hinweg, ist er besonders schwer oder geht er mit Fieber (>38,5°C) einher, so ist anzuraten, daß ein Arzt eine Diagnose stellt. Er wird versuchen, durch Fragen nach dem Krankheitsverlauf und durch die körperliche Untersuchung des

Kindes eine Diagnose zu stellen. Mögliche Ursachen für Husten sind Bronchitis (sehr häufig) oder Asthma, aber auch „verschluckte" Fremdkörper (meist Erdnüsse), Lungenentzündung oder Keuchhusten.

Bei anhaltendem Husten, der mit Fieber verbunden ist, sollten Sie unbedingt einen Arzt zu Rate ziehen. Ihr Kind könnte an einer schweren Bronchitis oder gar Lungenentzündung erkrankt sein.

■ Keuchhusten

Keuchhusten äußert sich durch unangenehme krampfartige Hustenattacken, die immer wiederkommen. Zu Beginn kann man den Keuchhusten nicht von einem Husten bei Erkältung unterscheiden. Vor allem in der Nacht kann Ihr Kind durch heftige Hustenanfälle nicht schlafen und die ganze Familie meistens auch nicht. Am Ende eines solchen Hustenanfalls erbrechen die Kinder oft zähen Schleim. Das Husten strengt die Kinder sehr an, sie sind matt und krank. Für Säuglinge ist der Keuchhusten sehr gefährlich, weil sie statt zu husten, mit dem Atmen aufhören. Vorbeugend empfiehlt sich auf jeden Fall eine Impfung (siehe Impfkalender Seite 60). Die neu entwickelten Impfstoffe sind ausgezeichnet verträglich.

Alte deutsche Bezeichnungen für den „Keuchhusten" sind „Stickhusten" oder „Blauhusten". Die Hustenanfälle gehen nämlich mit Erstickungsangst einher. Das Gesicht der Kinder verfärbt sich am Ende der Hustenphase (wegen des hohen Drucks im Brustkorb und des Sauerstoffmangels) blau-violett. Tritt ein Hustenanfall auf, so nehmen Sie Ihr Kind in den Arm und beruhigen Sie es. Konsultieren Sie einen Arzt, der nach möglichen Komplikationen fahndet (Lungenentzündung, Mittelohrentzündung, Hirnentzündung, andere) und ein Antibiotikum verordnet. Kinder mit Keuchhusten sind hochansteckend für andere – auch für Erwachsene, denn auch

sie können erkranken, selbst wenn sie als Kind Keuchhusten hatten. Die Immunität nach Keuchhusten hält nämlich höchstens 15–20 Jahre. Junge Säuglinge mit Keuchhusten müssen immer im Krankenhaus überwacht werden, damit ein plötzlicher Atemstillstand erkannt wird. Die Sterblichkeit an Keuchhusten liegt in Industriestaaten bei 1 : 1000.

■ Pseudokrupp

Pseudokrupp ist eine Entzündung der Kehlkopfschleimhaut, zu der es im Rahmen einer Infektion mit bestimmten Viren kommen kann. Bevorzugt treten die Symptome nachts auf. Wenn Ihr Kind vor dem Urlaub schon einmal einen Pseudokruppanfall hatte, dann packen Sie die entsprechenden Medikamente ein. Sollte Ihr Kind aber in den Ferien zum erstenmal nachts bellend husten „wie ein Hund" und beim Einatmen scharf die Luft „einziehen", dann heißt es vor allem: Ruhe bewahren!

Nehmen Sie ihr Kind aus dem Bettchen und stellen sich mit ihm an das geöffnete Fenster, damit es frische Luft einatmen kann. Anschließend lassen Sie in der Dusche das heiße Wasser laufen und setzen sich mit dem Kind ins Badezimmer, damit es feuchtwarme Luft atmet. Geben Sie ihm dann etwas warmen Tee zu trinken. Oft bessert sich der Zustand unter dieser Behandlung schon. Wenn Ihr Kind aber weiterhin Luftnot hat, sollten Sie unverzüglich einen Arzt hinzuziehen. Er wird Ihrem Kind Cortisonzäpfchen verabreichen, die in der akuten Behandlung keine Nebenwirkungen haben, aber rasch zu einer Abschwellung der Kehlkopfschleimhaut führen, so daß die Atemnot gelindert wird.

Krankheiten, die mit Hautausschlag einhergehen, und Mumps

Viele Viren verursachen bei Kindern nicht nur eine Erkältungskrankheit, sondern auch einen Hautausschlag.

Ein Kennzeichen eines solchen „unspezifischen viralen Hautausschlages“ ist die Wegdrückbarkeit mit einem Finger. Jeder neu aufgetretene Hautausschlag sollte von einem Arzt untersucht werden, insbesondere wenn gleichzeitig Fieber besteht. Der Arzt muß dann auch entscheiden, ob das Kind von anderen Menschen (Schwangere; Krebskranke etc.) ferngehalten werden sollte, oder ob es ein Antibiotikum braucht (z. B. bei Scharlach). Gegen einige u.U. gefährliche Krankheiten, die mit Hautausschlag einhergehen, kann man ab dem 12. Lebensmonat impfen.

■ Masern

Masern werden häufig als „harmlose Kinderkrankheit“ abgetan, obwohl jährlich weltweit eine Million Kinder daran sterben. Die Sterblichkeit liegt in Entwicklungsländern bei 50 %, in Industriestaaten (auch in Deutschland!) bei 1:500. Todesursache ist in den meisten Fällen die Masern-Lungenentzündung, für die es keine Therapie gibt. Kinder mit Masern benötigen viel Ruhe, denn sie sind schwer krank. Sie leiden nicht nur an ihrem Hautausschlag und an Fieber, sondern auch an einer Bronchitis, einer Bindehautentzündung und sie sind lichtempfindlich. Ein Kind mit Masern sollte regelmäßig von einem Arzt untersucht werden, um ggf. frühzeitig feststellen zu können, ob eine Krankenhausüberwachung in Nähe einer Intensivstation notwendig wird.

■ Röteln

Röteln sind tatsächlich eine meist harmlose Krankheit, die aber entgegen landläufiger Meinung nicht nur im Kindesalter vorkommt. Wird eine Frau während der Schwangerschaft infiziert, so kann das Rötelnvirus bei dem Ungeborenen Kind zu schwersten Schäden führen: Taubheit, Blindheit, Herzfehler und Hirnschäden sind oft schon bei Geburt nachweisbare Folgen. Später im

Leben treten oft weitere Krankheiten wie etwa ein Diabetes mellitus hinzu. Pro Jahr werden in Deutschland immer noch etwa 50 Kinder mit Rötelnembryopathie („angeborene Röteln") geboren – weil eben leider immer noch nicht alle Frauen geimpft sind und weil z. B. auch ungeimpfte Jungen das Virus auf Schwangere übertragen. Es ist daher empfohlen, alle Kinder (auch Jungen) gegen Röteln zu impfen. Auch Jungen können den Urlaub besser genießen, wenn sie **nicht** an Röteln erkranken.

■ Windpocken

Windpocken äußern sich zunächst als kleine rote Flecken, aus welchen kleine Bläschen werden. Diese jucken stark. Die Kinder haben meist eine leicht erhöhte Körpertemperatur. Ist diese höher als 38,5° C, sollten Sie einen Arzt aufsuchen. Dieser muß dann klären, ob zusätzlich eine Infektion mit Bakterien, den sogenannten „A-Streptokokken" vorliegt, was eine antibiotische Therapie in einer Klinik notwendig macht.

Auch Windpocken sind vergleichsweise harmlos, wenn auch – wie bei Röteln – eine Infektion in der frühen Schwangerschaft zu schwersten Schäden beim ungeborenen Kind führen kann. Die Sterblichkeit an Windpocken ist bei Kindern ohne Vorerkrankung niedrig (etwa 1 : 100.000) und Komplikationen wie die Entzündung des Gehirns (Enzephalitis, Zerebellitis) sind sehr selten. Hingegen sind Windpocken für Patienten mit Krebs oder anderen Formen der Abwehrschwäche eine Lebensgefahr. Viele Clubs und Hotels erwarten im Fall einer Windpocken-Erkrankung, daß die betroffene Familie abreist, damit sich andere Gäste nicht anstecken.

Wollen Sie Ihr Kind vor Windpocken und den damit verbundenen Unannehmlichkeiten schützen, so können sie es impfen lassen. Allerdings müssen Sie die Kosten dafür selbst tragen – aber dann kann diese Krankheit

Ihnen und Ihrem Kind die Urlaubsfreuden nicht mehr verderben.

■ Scharlach

Scharlach wird im Gegensatz zu den Viruskrankheiten Masern, Röteln und Windpocken durch ein Bakterium („A-Streptokokken“) verursacht. Bauchschmerzen, hohes Fieber, Kopfschmerzen und Schluckbeschwerden sind oft die ersten Symptome der Erkrankung. Mandeln und Gaumen sind hochrot. Man findet einen kleinfleckigen, knallroten Ausschlag in den Leisten, auf der Brust und unter den Achseln. Sie sollten unbedingt einen Arzt aufsuchen, der Ihrem Kind Penicillin verordnet. Nach ein bis zwei Tagen fühlt es sich dann wieder recht wohl, und es darf auch wieder mit anderen Kindern zusammenkommen. Die antibiotische Therapie verhindert auch Komplikationen wie Halsabszeß oder rheumatisches Fieber mit Entzündung des Herzens.

■ Mumps

Mumps oder „Ziegenpeter“ ist eine Viruserkrankung, an der sich Ihr Kind durch Tröpcheninfektion ansteckt. Fieber, Mattigkeit, Kopfschmerzen und Übelkeit treten etwa 14 Tage nach der Ansteckung auf. Zunächst schwillt die Ohrspeicheldrüse auf einer Seite an, das Kind hat eine „dicke Backe“. Nach wenigen Tagen ist auch die Drüse auf der anderen Seite geschwollen, das Gesicht ist rund wie ein „Mondgesicht“. Bei Jungen können auch die Hoden entzündet sein. Ebenso ist die Bauchspeicheldrüse in Mitleidenschaft gezogen. Ihr Kind braucht Ruhe und verträgt keine fetten Speisen. Verabreichen Sie Ihrem Kind leichte Kost und viel Flüssigkeit. Legen Sie angewärmte Umschläge um die geschwollenen Drüsen. Ansteckungsgefahr besteht bis die Schwellungen der Oberspeicheldrüsen abgeklungen sind. Klagt Ihr Kind über heftige Kopfschmerzen, soll-

ten Sie unbedingt einen Arzt aufsuchen. Relativ häufig erleiden Kinder bei Mumps eine Hirnhautreizung oder -entzündung.

Reisen mit chronisch kranken Kindern

Besonders sorgfältig müssen Sie Ihre Reise planen, wenn Ihr Kind an Diabetes, Asthma bronchiale oder einer anderen chronischen Krankheit leidet oder falls es einen Rollstuhl benötigt. Besprechen Sie das entsprechende Therapieschema (z.B. für Insulin unter Berücksichtigung der Zeitverschiebungen) rechtzeitig mit Ihrem Arzt. Versichern Sie sich, daß Sie einen ausreichend großen Medikamentenvorrat mitnehmen. Medikamente gehören übrigens immer ins Handgepäck und in warmen Ländern ist eine Kühlbox mit Akku zur Aufbewahrung z.B. von Insulin hilfreich.

Mit chronisch kranken Kindern sollten Sie Reisegebiete unbedingt meiden, in denen ein hohes Infektionsrisiko besteht. Eine eventuell benötigte Diät soll ihr Kind auch am Urlaubsort einhalten. Je mehr Sie es bereits zu Hause bei der Zubereitung der Mahlzeiten einbezogen haben, desto einfacher gestaltet sich in der Regel auch die Ernährung in den Ferien. Für Kinder mit Gehhilfen oder einem Rollstuhl ist die behindertengerechte Ausstattung des Feriendomizils wichtig, damit sie sich so selbständig wie möglich bewegen können.

Tropentypische Erkrankungen

Die meisten der tropentypischen Krankheiten wie z. B. Cholera und Typhus kommen in den üblichen Ferienregionen selten vor. Zu tropenspezifischen Krankheiten gehören auch Gelbfieber, japanische Enzephalitis, Bilharziose und andere zum Teil in den Impftabellen aufgeführte Krankheiten.

Sollten Sie aus zwingenden, z. B. beruflichen Gründen, in die Tropen reisen müssen, so ist eine umfassende Aufklärung durch Ihren Arzt unumgänglich. Gehen Sie dann frühzeitig zu Ihrem Arzt oder in ein Tropeninstitut, damit alle notwendigen Prophylaxemaßnahmen zeitgerecht durchgeführt werden können. Nach einem längeren Aufenthalt in den Tropen, sollten Sie sich und Ihre Familie außerdem nachuntersuchen lassen.

In diesem Buch kann nicht im Detail auf Tropenkrankheiten eingegangen werden. Infektionen mit Darmparasiten und Würmern können in Europa auch vorkommen, Hygiene ist die beste Vorsorgemaßnahme.

■ Wurmbefall

Wurmbefall kommt bei Kindern häufiger vor. Selbst in Deutschland sind Wurminfektionen keine Seltenheit und in der Regel kein Grund zu großer Beunruhigung. Die Würmer gelangen durch die Nahrung oder „ungewaschene Hände“ über den Mund in den Darm. Meist handelt es sich um harmlose Madenwürmer, die gut medikamentös behandelt werden können. Es kann allerdings gleichzeitig ein Befall mit mehreren Wurmarten vorliegen. Spul- und Bandwürmer sind eher selten. Der gefürchtete Hundebandwurm kommt vor allem in südlichen und tropischen Gegenden vor. Sicherheitshalber sollten Ihre Kinder streunende Katzen und Hunde nicht streicheln oder nur dann, wenn sie sich anschließend gründlich die Hände waschen. Unspezifische Beschwerden wie Bauchweh und Appetitlosigkeit sind die häufigsten Symptome, manchmal führt Wurmbefall auch zu Blutarmut. Als erstes zeigt sich ein ausgeprägter Juckreiz am After. Die Kinder kratzen sich heftig. Die in der Afterregion abgelegten Wurmeier können so unter den Fingernägeln haften und werden dann weiter verbreitet. Wenn im Urlaub Verdacht auf Wurmbefall bei Ihrem Kind besteht, suchen Sie am besten einen Arzt auf, und lassen Sie eine Stuhluntersuchung durchführen. Meist genügt es, dies nach der Rückkehr zu tun.

Neben der erforderlichen medikamentösen Behandlung sollten Sie Unterwäsche und Bettwäsche waschen oder waschen lassen. Die Hände der Kinder sollten gründlich gewaschen und die Fingernägel kurz geschnitten werden, um eine Wiederinfektion zu vermeiden.

Nach dem Urlaub zur Nachuntersuchung?

Ist Ihr Kind im Urlaub krank gewesen, sollten Sie nach Ihrer Rückkehr Ihren Haus-, Kinder- oder Tropenarzt aufsuchen und ihm über die Erkrankung berichten. Eventuell notwendige Nachuntersuchungen wie Stuhlproben, Abstriche und Blutbilder wird er dann veranlassen. Besonders nach Infektionskrankheiten (auch Parasitenbefall!) ist eine Kontrolle nötig. Damit ist gewährleistet, daß Ihr Kind nicht mehr ansteckend ist und Schule oder Kindergarten wieder ohne Bedenken besuchen kann.

> Die Tips in den Tabellen auf den Seiten 116 und 117 können nur einen groben Anhalt für richtiges Handeln geben. Was zu tun ist, hängt im Einzelfall von vielen verschiedenen Faktoren ab, z.B. auch davon, wie sicher Sie Krankheitszeichen Ihres Kindes erfassen.
> Im Zweifelsfall lieber einmal zuviel zum Arzt gehen.

Krankheit oder Notfall im Urlaub?
Was Sie tun können!

Fieber	viel trinken, ausruhen, Sonne meiden, ggf. fiebersenkende Mittel einsetzen
Fieberkrampf	Diazepam, Paracetamol-Fieberzäpfchen, ggf. Mund-zu-Mund-Beatmung, Notruf
Übelkeit	Traubenzucker lutschen, im Auto nicht nach unten schauen, Medikamente gegen Reiseübelkeit einnehmen
Erbrechen	viel trinken in kleinen Portionen (Tee-Elektrolytmischung), bei länger anhaltendem Erbrechen den Arzt aufsuchen
Durchfall	viel trinken, fettarme Heildiät halten (ggf. mit Heilerde- oder Apfelpektinpräparaten)
Verstopfung	wenig Milch trinken, statt dessen verdünnte Säfte oder ein Glas lauwarmes Wasser vor dem Frühstück, ggf. Glycerinzäpfchen
Erkältungskrankheiten	nur symptomatische Behandlung
Mandelentzündung, Halsentzündung	Gurgeln mit Salbeitee, viel Tee trinken, bei Fieber und Schluckbeschwerden Arzt aufsuchen
Verschlucken von Fremdkörpern	Kopfunter abhusten lassen, Arzt rufen, ggf. röntgen lassen
Fremdkörper im Auge	vorsichtig entfernen, ggf. mit viel Wasser ausspülen; Splitter o.ä. vom Arzt entfernen lassen
Sonnenbrand und Sonnenallergie	ein kühlendes Gel oder eine gerbstoffhaltige Flüssigkeit zum Kühlen auftragen, Puder auftragen und Sonne meiden
Sonnenstich oder Hitzschlag	Flüssigkeit verabreichen, den ganzen Körper kühlen, ggf. Arzt aufsuchen
Schock	flache Lagerung, Beine hochlegen, Notruf

Krankheit oder Notfall im Urlaub? Was Sie tun können!

Herz- oder Atemstillstand, Bewußtlosigkeit	ABC-Regel: Atemwege freimachen, Beatmen (Mund zu Mund), Cardiale Wiederbelebung (Herzmassage), ggf. stabile Seitenlage.
Ertrinken	Mund-zu-Mund-Beatmung, ggf. schon im Wasser, Notruf
Insektenstiche	juckreizstillendes Gel auftragen, nicht kratzen, ggf. Stachel entfernen, kühlende Umschläge, bei allergischen Reaktionen (Wespenstiche) sofort den Arzt aufsuchen
Allergien	örtliche Allergien kühlen, evtl. antiallergische Gels, Antihistaminika anwenden, Quaddeln am ganzen Körper kühlen, Arzt aufsuchen
Schürf- und Schnittwunden	die Wunde vorsichtig reinigen, Hautdesinfektionsmittel aufbringen, luftdurchlässiges Pflaster aufkleben, bei größeren Wunden einen Arzt aufsuchen, Tetanusschutz prüfen
Stark blutende Wunden	im Notfall oberhalb der Wunde die Extremität abbinden (z. B. mit einem Tuch), die Wunde sauber abdecken und zum Arzt oder ins Krankenhaus
Vergiftungen	Arzt aufsuchen oder Notruf, Verdächtiges oder Erbrochenes mitnehmen, erbrechen lassen! Jedoch nicht bei: Schaumbildnern, Ätzmitteln: Benzin
Verätzungen, Verbrühungen, Verbrennungen	die Wunde ca. 20 Minuten unter kaltes Wasser halten, dann abdecken, keine Salben auftragen, Arzt aufsuchen
Prellungen, Verstauchungen	die Stelle mit kühlendem Gel oder abschwellender Salbe einreiben, ggf. eine elastische Binde anlegen
akute Atemnot (z. B. Pseudokrupp)	beruhigen, feuchtwarme oder kalte Frischluft atmen, aufsetzen, ggf. Cortison-Zäpfchen, Arzt rufen

- **Entspannt Fliegen**,
  Rudolf Krefting, Trias Verlag, 1996, 88 Seiten,
  ISBN 3-89373-344-2, 24,80 DM
- **Gesundheit auf Reisen**,
  Dr. Nikolaus Frühwein, Dr. Hans-Dieter Nothdurft,
  Verlagsgruppe J. Fink GmbH & Co.KG, 1996,
  128 Seiten, ISBN 3-7718-1007-8, 9,80 DM
- **Gesund reisen in fernen Ländern**,
  Harald Kretschmer, Trias-Verlag, 1996,
  ISBN 3-89373-345-0, 212 Seiten, 24,80 DM
- **Mit Kindern gesund und sicher reisen**,
  Burghard Stück, Kilian-Verlag, 1994, 68 Seiten,
  18 DM
- **Mit Kindern in die Tropen**,
  Gottfried Huss, Kilian-Verlag, 1994, 80 Seiten,
  ISBN 3-9803688-0-7, 18 DM
- **Ratgeber Reisemedizin**,
  Kassenärztliche Vereinigung Bayern, 1995
- **Reisefieber**,
  Marion von Gratkowski, Ariane Nägele,
  Trias-Verlag, 1996, 155 Seiten,
  ISBN 3-89733-330-2, 24,80 DM
- **Spiel und Spaß auf Reisen**,
  Uli Geißler, Falken-Verlag, 1990, 79 Seiten,
  ISBN 3-8068-1085-0, 9,80 DM
- **Mit Kindern an die See**,
  Dr. Ernst-Günter Schultze,
  Thieme-Verlag, 1987, ISBN 3-13-69901-0, 19,80 DM
- **Mit Kindern unterwegs**,
  Serie Piper, Birgitt v. Maltzahn, Daniela Schetar, 1993,
  199 Seiten, ISBN 3-492-11637, 14,90 DM
- **Kinderkrankheiten erkennen und behandeln**,
  Dr. Heike Kavács, Dr. Susanne Linder, Ravensburger, 1996,
  287 Seiten, ISBN 3-473-42385-8
- **Wenn Kinder krank werden**, Barbara Nees-Delaval,
  Falken-Verlag, 232 Seiten, ISBN 3-8068-4240

Infos zu Ärzten im Urlaubsland

TIP
Touristik-Informations-Programme
Vogelweidestr. 5
81677 München
Tel. 0 89/41 66 13 33
Fax 0 89/41 66 13 01

Infos zu Familienferienstätten und Fördermitteln

Bundeszentrale für
gesundheitliche Aufklärung
51101 Köln
Tel. 02 21/8 99 21

Bundesministerium für Familie,
Senioren, Frauen und Jugend,
Rochusstr. 8–10
53123 Bonn
Tel. 02 28/93 00
Fax 02 28/9 30 22 21

Deutscher Familiendienst LV NW e.V.
Landgrafenstr. 37–39
53842 Troisdorf
Tel. 02 21/40 66 27

Deutscher Familienverband
Argelander Str. 71
53115 Bonn
Tel. 02 28/24 10 40

Deutsches Jugendherbergswerk
Bismarckstr. 8
32754 Detmold
Tel. 0 52 31/74 01 0

Evangelische Familienerholung
im Diakonischen Werk der EKD
Altensteinstr. 51
14195 Berlin
Tel. 0 30/83 00 14 50

Familien-Ferien-Werk e.V.
Schaevenstr. 1
50676 Köln
Tel. 02 21/9 21 31 20

Katholischer Arbeitskreis
für Familienerholung
Hochkreuzallee 1
53175 Bonn
Tel. 02 28/9 59 17 14

Kolping Familienhilfswerk
Kolpingplatz 5–11
50667 Köln
Tel. 02 21/20 70 10

Paritätischer Arbeitskreis
für Familienerholung
c/o Paritätischer
Wohlfahrtsverband e.V.
Heinrich-Hoffmann-Str. 3
60528 Frankfurt
Tel. 0 69/6 70 60

Infos zu Anreise und Vorbereitung

ADAC
Am Westpark 8
81373 München
Tel. 0 89/76 76 0

Verkehrsclub Deutschland (VCD)
Postfach 17 01 60
53027 Bonn
Tel. 02 28/98 58 50

Kundenbetreuungsstelle
der Bahn
Friedrich-Ebert-Anlage 35
60327 Frankfurt/Main
Tel. 0 69/2 65 45 97

Flugbörsen

Airtravel Reisen GmbH
Am Wollhaus 12
74072 Heilbronn
Tel. 0 71 31/6 06 06
Fax 0 71 31/8 25 07

Explorer Fernreisen GmbH
Hüttenstr. 17
40215 Düsseldorf
Tel. 02 11/37 70 79

(weitere Agenturen in Stuttgart, Hannover, Nürnberg, Essen, Hamburg, siehe Gelbe Seiten)

Flugbörse D+S GmbH
Linprunstr. 49
80335 München
Tel. 0 89/54 21 41 50
(über 75 Filialen)

High-Fly Reisen GmbH
Karolinenstr. 7 – 9
20357 Hamburg
Tel. 0 40/43 11 78

SOF-Cosmos Flugreisen GmbH
Hans-Böckler-Str. 19
53225 Bonn
Tel. 02 28/47 30 94

Specialflights Europe Reisen GmbH
Kaiserstr. 40
60329 Frankfurt/Main
Tel. 0 69/23 80 31 00

Travel Overland
Barerstr. 73
80799 München
Tel. 0 89/97 59 90 50

Seminare gegen Flugangst

Deutsche Angststörungshilfe
Bayerstr. 77 a
80335 München
Tel. 0 89/5 43 80 80
(Do. 15.00 – 18.00 Uhr)

Infos und Preisvergleich

Bundesverband
Verbraucherinitiative e.V.
Breite Str. 51
53111 Bonn
Tel. 02 28/7 26 33 93

Stiftung Warentest
Lützowplatz 11 – 13
10785 Berlin
Tel. 0 30/2 63 10

fliegen & sparen
Postfach 11 04 31
47144 Duisburg
(Preisvergleich und Impfberatung gegen Einsendung Briefumschlag mit Rückporto und Gebühr)

Infos zu Kinder- und Jugendreisen

Das Reisenetz e.V.
Sekretariat c/o Transfer e.V.
Ostmerheimer Straße 397
51109 Köln
Tel. 02 21/69 31 70
Fax 02 21/69 70 83

Infos zu Camping

Deutscher Camping-Club
Schleswig-Holstein e.V:
24326 Stocksee
Tel. 0 45 26/6 08

Deutscher Camping-Club
Hamburg e.V.
Carl-Bremer-Ring 17
22179 Hamburg
Tel. 0 40/6 41 60 78

Deutscher Camping-Club
Rheinland Pfalz e.V.
Robert-Schumann-Str. 55 a
67105 Schifferstadt
Tel. 0 62 35/8 27 27

Deutscher Camping-Club
Postfach 40 04 28
80704 München
Tel. 0 89/3 80 14 20

Eurocamp Katalog-Service
Kempener Allee 9
47803 Krefeld
Tel. 0 21 51/75 50 41

Landesverband der Campingplatzunternehmer in Hessen e. V. (VHC)
Parkstr. 6
34576 Homberg (Efze)
Tel. 0 56 81/77 52 23

Verband der Campingplatzhalter
Schleswig-Holstein e.V.
Kiefernweg 14
23829 Wittenborn
Tel. 0 45 54/17 57

Infos zu Ferien auf dem Land und Reitferien

Deutschland

Ferienclub Lüneburger Heide,
In der Göhrde
Ortsteil Sarenseck
29473 Göhrde
Tel. 0 58 62/17 00 ,

Landesverband „Urlaub auf dem Bauernhof in Bayern" e.V.
Kaiser-Ludwig-Platz 2
80336 München
Tel. 0 89/53 43 12
Fax 0 89/5 43 86 19

Landes-Tourismusverband
Sachsen-Anhalt e.V.
Große Diesdorfer Str. 12
39108 Magdeburg
Tel. 03 91/7 38 43 00
Fax 03 91/7 38 43 02

Landwirtschaftskammer
Westfalen-Lippe
Postfach 59 25
48135 Münster
Tel. 02 51/59 9 3 05

Nordseebäderverband
Schleswig-Holstein e.V.
Parkstr. 7
25813 Husum
Tel. 0 48 41/8 97 50

Österreich

Österreich Information
Postfach 12 31
82019 Taufkirchen
Tel. 0 89/66 67 01 00
Fax 0 89/66 67 02 00

Salzburger Urlaub
am Bauernhof
Brixner Str. 1/89
A-6020 Innsbruck
Tel. 00 43/5 12/56 18 82

Steirische Tourismus
Gesellschaft
St. Peter-Hauptstraße 243
A-8042 Graz
Tel. 00 43/3 16/40 03

Schweiz

Buchungszentrale Ferien
auf dem Bauernhof
c/o Schweizerische Reisekasse
Neuengasse 15
CH-3001 Bern
Tel. 00 41/31/3 29 66 33

Schweiz Tourismus
Kaiserstraße 23
60311 Frankfurt
Tel. 0 69/2 56 00 10

Europaweit

AG-Urlaub und Freizeit
auf dem Lande
Godesberger Allee 142–148
53175 Bonn
Tel. 02 28/8 19 82 20

Deutsche Landwirtschafts-
gesellschaft (DLG)
Eschborner Landstraße 122
60489 Frankfurt
Tel. 0 69/24 78 80

Europäisches Zentrum für
Öko-Agro-Tourismus (ECEAT)
Wismarsche Str. 190
19053 Schwerin
Tel. 03 85/56 29 16

LFV-Marketing GmbH
Esslinger Str. 8
70182 Stuttgart
Tel. 07 11/23 85 80

Zentrale für den Landurlaub
Heerstr. 73
53111 Bonn
Tel. 02 28/63 12 84

Institutionen des Fremdenverkehrs

Deutschland

„Die drei Südharzer",
Walkenried – Wieda – Zorge
Touristik GmbH
Otto-Haberlandt-Str. 49
37447 Wieda
Tel. 0 55 86/96 60 0

Fremdenverkehrsverband
Schleswig-Holstein e.V.
Niemannsweg 31
24105 Kiel
Tel. 04 31/5 60 01 00

Fremdenverkehrsverband
Schwarzwald
Bertoldstr. 45
79098 Freiburg
Tel. 07 61/3 13 17/18

Fremdenverkehrs- und Heilbäder-
verband Rheinland- Pfalz
Postfach 14 20
56014 Koblenz
Tel. 02 61/91 52 00
Fax 02 61/9 15 20 40

Hessischer Fremdenverkehrs-
verband e.V.
Abraham-Lincoln-Str. 38 – 42
65189 Wiesbaden
Tel. 06 11/7 78 80 22
Fax 06 11/7 78 80 40

Harzer Fremdenverkehrsverband e.V.
Marktstr. 45 (Gildehaus)
38640 Goslar
Tel. 0 53 21/3 40 40

Landesverkehrsverband Rheinland
Rheinallee 69
53173 Bonn
Tel. 02 28/36 29 21
Fax 02 28/36 39 29

Nordseebäderverband
Schleswig-Hostein e.V.
Parkstr. 7
25813 Husum
Tel. 0 48 41/8 97 50

Oldenburgische Landschaft
Gartenstraße 7
26122 Oldenburg
Tel. 04 41/7 50 31
Fax 04 41/7 75 60

Touristikverband
Siegerland-Wittgenstein e.V.
Koblenzer Str. 73
57073 Siegen
Tel. 02 71/3 33 10 22

Tourist-Information
Fichtelgebirge
Bayreuther Str. 4
95686 Fichtelberg
Tel. 0 92 72/62 55

Touristik Information
Lüneburger Heide
Rathaus am Markt
21335 Lüneburg
Tel. 0 41 31/1 94 33

Tourismusverband Ostbayern e.V.
Luitpoldstr. 20
93047 Regensburg
Tel. 09 41/58 53 90

Tourismusverband
Land Brandenburg e. V.
Schlaatzweg 1
14473 Potsdam
Tel. 03 31/27 52 80

Europäische Länder

Britische Zentrale
für Fremdenverkehr
Taunusstr. 52–60
60329 Frankfurt/Main
Tel. 0 69/2 38 07 11
Fax 0 69/2 38 07 17

Fremdenverkehrsamt Malta
Schillerstr. 30–40
60313 Frankfurt
Tel. 0 69/28 58 90

Französisches Verkehrsbüro
Postfach 10 01 28
60329 Frankfurt
Tel. 0 69/7 56 08 30
Fax 0 69/75 21 87

Griechische Zentrale
für Fremdenverkehr
Neue Mainzer Str. 22
60311 Frankfurt
Tel. 0 69/23 65 61 63
Fax 0 69/23 65 76

Italienisches
Fremdenverkehrsamt
Kaiserstr. 65
60329 Frankfurt
Tel. 0 69/23 74 30

Irische Fremdenverkehrs-
zentrale
Untermainanlage 7
60329 Frankfurt
Tel. 0 69/23 33 41
Fax 0 69/23 46 26

Niederländisches Büro
für Tourismus
Postfach 27 05 80
50511 Köln
Tel. 02 21/92 57 17 27

Schweiz Tourismus
Kaiserstr. 23
60311 Frankfurt/Main
Tel. 0 69/2 56 00 10

Spanisches
Fremdenverkehrsamt
Schubertstraße 10
80336 München
Tel. 0 89/53 01 58

Portugiesisches Touristik- und Handelsbüro
Schäfergasse 17
60313 Frankfurt
Tel. 0 69/23 40 94
Fax 0 69/23 14 33

Infos zum Bergwandern und Klettern

Bergsportschule Rhön
Edelzeller Str. 10
36093 Künzell
Tel. 06 61/4 82 30
Fax 06 61/4 82 30

Bergsteigerschule Zugspitze
Dreitorspitzstr. 13
82467 Garmisch-Partenkirchen
Tel. 0 88 21/5 89 99

Deutscher Alpenverein
Von-Kahr-Str. 2–4
80997 München
Tel. 0 89/14 00 30

Geschäftsstelle der
Europa Wanderhotels
A-9773 Irschen/Kärnten
oder Österreich-Information,
82024 Taufkirchen,
Rotwandweg 4,
Tel. 0 89/66 67 01 00

Kletterschule Frankenjura
Schweiggerstr. 17
90478 Nürnberg
Tel. 09 11/49 93 20
Fax 09 11/47 37 33

Wasgauer Kletterschule
Bahnhofstr. 22
76846 Hauenstein
Tel. 0 63 92/71 06

Radreiseveranstalter

Austria-Radreisen
Holzingerstr. 546
A-4780 Schärding
Tel. 00 43/77 12/55 11

Pedal Power OEG
rent a bike
Ausstellungsstr. 3
A-1020 Wien
Tel. 00 43/17 29 72 34

Pedalo Touristik,
Zelli 4
A-4712 Michaelnbach
Österreich
Tel. 00 43/72 48/63 58 40

Radreiseveranstalter
Aktiv-Reisen-velotours GmbH
Mainaustr. 34
78464 Konstanz
Tel. 0 75 31/9 82 80

Rad & Reisen
Schulgasse 36
A-1180 Wien
Tel. 00 43/1/40 53 87 30

Tourex Extratouren
Stübeheide 153
22337 Hamburg
Tel. 0 40/5 00 00 91

Zirkusferien

Feriencamp im
Kinder-Mitmach-Zirkus
Tourist-Information Schwarzwald
Kirchgasse 1
79868 Feldberg-Altglashütten
Tel. 0 76 55/80 19

Ferienzeit-Spielzeit:
Touristik-Gemeinschaft
Ossiacher See
A-9520 Sattendorf
Tel. 00 43/42 48/20 05

Kinderzirkus Wunderplunder
Tourist Information
CH-6084 Hasliberg Wasserwendi
Tel. 00 41/36/71 32 22

Mitmach-Zirkus
Salzburger Land
Postfach 8
A-5033 Salzburg
Tel. 00 43/6 62/62 05 06

Zirkus Harlekin
Rothornweg 12
CH-3138 Utendorf
Tel. 00 41/30/4 71 71
(Tourismusbüro Gstaad)

Lokführerkurse

Lokführerkurse
Eifel-Touristik NRW
Marktstr. 15
53902 Bad Münstereifel
Tel. 0 22 53/60 75

Lokführerkurs auf Rügen
Rügensche Kleinbahn GmbH & Co.
Binzer Str. 2
18581 Putbus
Tel. 03 83 01/8 01 12

Inline-Skating

Deutscher Inline-Skater Verband
(DIV)
Ernsthöferstr. 15 e
64342 Seeheim-Jugenheim
Tel. 0 62 57/96 22 36
Fax 0 62 57/96 22 32

Skate & Fun
Flemingstr. 7
88131 Lindau
Tel. 0 83 82/9 70 80
Fax 0 83 82/9 70 81